花千樹

不可辜負——眼前壞時光

陳心遙

序

出其不意的陳心遙

二〇一〇年夏天，在填詞人梁栢堅介紹下，認識了陳心遙。在這之前，我一直誤以為陳心遙是個女人。

世上總有些人，一碰面就知必定會談得來。當時還有一個叫嚴羚的年輕音樂人，四個麻甩佬，喜歡在灣仔馬師道的舊財記辣蟹聚頭，睇波飲啤酒。青島一支駁一支，陳心遙喝的不算多，卻很健談。因為他喜歡汲收資訊，天文地理、古今奇聞、冷熱知識及笑話……談歌詞、談電影、談歷史、談偵探小說、談迷幻植物、談世界末日，就好像在看你手上這部書一樣，聽陳心遙說話像看散文，他數分鐘後又可以開出下個話題。

關鍵是，這些雜碎話題，像是佐酒花生，卻可能是發展成他下一件創作的樹苗。每個話題之後，他總是說：「所以我想寫一部關於乜乜的推理小說」、「所以我想寫一個關於乜乜的電影劇本」、「所以我想寫一首關於乜乜的歌詞」……也許，這就是創作人的職業習慣，也是創作人跟大眾不同之處——風花雪月，都是灌溉創作土壤的養分；每張被棄掉的原稿紙，都藏著一個沒開展的故事。

當然，有沒有毅力去將之實踐，才最重要。我性格太飄，沒行動力，不停開空頭支票；他相反，陳心遙說做便做。印象中，每次酒局，他都不會跟我們磨到天亮，每次他都是最早走那個，說要回去寫劇本、寫小說，好不勤力。

然後，他突然消失好一陣，再看到關於他的消息，已經是在《狂舞派》的電影宣傳上。我跟梁栢堅說：「這傢伙什麼時候寫了個青春片劇本？無啦啦關於跳舞的！原來跳舞他又有興趣？」再看清楚，他更是該片監製！「他怎麼會突然懂得監製？」

其後，又再突然消失了一年多，某天他給我致電說：「你什麼時候在香港？想找你客串一個角色。」未幾，他便完成了下一部關於夢想的電影。

當你以為他醉心於電影放棄了填詞之際，他卻拿下了共三屆金像獎最佳原創歌曲。

陳心遙就是這樣出其不意。

一個月前，他又突然給我發短訊：「老友，無事不登三寶殿。」我正在猜他又搞了個什麼超級大製作，腦裏有十萬個聯想之際，他續說：「我無乜朋友，請問你願意幫我新書寫個序嗎？」

我想，他覺得自己無乜朋友，是因為他甘願把與朋友作樂的時間留給創作，他深明，創作才是他最好的朋友。這也是我一直佩服陳心遙的地方，正如戴志偉視足球為最好朋友一樣，最後在創作世界裏，舉起了世界盃。到其時，陳心遙，我們會在財記飲住青島為你打氣！

小克

二〇二二年六月四日

序

係呀，壞時光真係好難頂！

你要用盡你嘅體力、腦力去撐過每一秒。

因為每一秒，都總有原因令你心浮氣躁，力不從心。

但係，唔知幾多秒之後，就會有一股非常野蠻嘅負能量將你由谷底推返上山頂，等你可以慢慢再碌返落嚟。

我覺得呢股能量就係壞時光嘅好。有無窮無盡不另收費嘅外力將你推去唔同地方，帶你去體驗各種「不一樣」。

佢會係最最最壞嘅時光？定係好啲啲嘅時光？唔知道㗎～感受咗當刻嘅時光先囉。完咗之後擰轉頭，望多兩眼再決定囉。

Lokman 楊樂文
二〇二二年六月

序

疫情，不知不覺已經進入第三年的光景。想必大家都很想念可以三不五時坐飛機的時刻吧！

筆者在疫情之前，一年有差不多一半時間都不在香港，經常在飛機上度過不同時光。不過，每次當飛機飛到香港上空，看著它緩緩的飛過我熟悉的社區，想著裏面可以看到的人及事時，心裏都莫名的激動！尤其是香港晚上的夜空，燈光閃爍，就像聖誕樹上不經意的燈飾，浪漫非常，可以說是全世界沒有任何地方的夜景可以媲美！

即使平凡，其實並不簡單。

陳心遙是我中大人類學系的學長，我們相識在《狂舞派》以後。從那時起就知道他對故事的拿捏及詮釋都很獨到，我想這或多或少與人類學的栽培及訓練有關！人類學就是訓練我們立體地觀察，如何在參與當中投入體會當局者的心情、感受、情緒的同時，又能退後一步理性分析因由。這種看似矛盾的情感遊走，協助他創造了一些很棒的電影及畫面，講了一些入心的故事。

《不可辜負眼前壞時光》裏面的篇章及故事，就像我從高空上俯瞰的社區、大樓一樣，或是晚上閃閃發光的每戶一樣，訴說著你我都會經歷、都會感受到的故事。這些故事有美好的、有不愉快的，也有憤怒的！陳心遙的散文就如社會的時間膠囊，即便你之前被牽動的情緒跟他的不完全一樣，卻能讀著而起著喚醒作用。因為，這些你我日常之中的貼身生活小事的觀感都是實在的。

每趟旅程都有它出現的意義及原因。縱使眼前畫面很不堪，日子不好過，但這些時光都確實的記錄著我們當下的生活。每段時刻，都有我們要學習的課堂，需要領悟的道理，協力拼湊畫面的獨特性。就像每一戶的燈火，不論是來自哪一個社區、哪一戶，都協力造就了一幕幕從天上看下來全世界最獨一無二的光輝。高樓的高聳入雲，矮樓的稠密，都協力拼成香港獨有的天際線。這些看來平凡的日常，與我們異常貼近的日常，就是這本作品的重點。

就讓我們不要辜負眼前的壞時光，感受當下的極不完美，熱情地期盼著以感激的心情回望這一切的時刻吧！

《屍骨的餘音》系列作者
李衍蒨
二〇二二年六月

自序

有人高喊：這是盛世好年華；也總有人在低怨：這是末世壞時代。

寫本序言的十數天內，珍寶海鮮舫沉沒海底；年輕瑜伽教練慘遭謀殺；土產名導羅啟銳猝逝；香港文豪倪匡仙遊。很多人在留住，也留不住心中那個最好的年代：沒有戰亂、政局安穩、文化璀璨。香港一個轉身，已歷四份一世紀，眼前的一切既陌生，但又似曾相識，好像在書本被記載過、在電影被虛構過，彷彿是早已刻在石碑上的預言一樣。

這星期困擾我的，卻是一件破事兒：我的右手食指指甲被結他線㓨破了一小塊，甲床外露，連在電腦上打字，一不小心都會痛入心脾，苦不堪言。

當然這是微不足道的不幸，至少不值得在社交媒體上宣揚。只要我好好靜待，指甲又會重新長出來，覆蓋原來的患處，而且我還有很多不勞累右手食指的事情可以做。

如果你也一樣，剛巧經歷了一些事，弄出一些傷口，希望這些破言碎語，可以陪你走一段休養之路。文章都是八年來我對香港和世事的體會；本書相片都是我偶然捕捉到的吉光片羽。

時光再壞，你和我為了變好而做的每一道微末，都會藏在這個社會的阿賴耶識裏，因緣成熟就會生起作用。不要辜負目前，我們一起加油。

多謝為我寫序的小克、李衍蒨及楊樂文，和為我修改封面的 Jackey Cheung。

多謝天上的雙親，爸爸名字是聯發，媽媽名字是笑容。我們很快會重逢的。

陳心遙

二〇二二年七月四日

目錄

第三章：用載著美夢的飛車一起越軌

第四章：哪套戲要你看過百次

第五章：仍然要相信這裏會有想像

第六章：地球像放於掌心裏

第一章

若有歌
可流傳鏗鏘

森田童子

日本在六十年代尾發生過一場震撼全國的學生運動，最嚴重時期東京有幾十間大學被佔領。左翼學生由最初反對加學費、要求校園民主化等的示威，演變成第二次反美日安保的鬥爭。最後在學生內鬥及警視廳鎮壓下結束。其中在安田講堂的佔領最激烈，無數燃燒彈的火焰、防暴隊的盾牌陣、雙方如游擊戰般攻防等的影像，毫無疑問影響了一整個世代的日本人。當時的年輕人，就算不是親身參與，都一定有好友夥伴置身其中。學運對與錯尚且不論，但事件對青春一代留下不能磨滅的記憶。

當時備受學運影響思想的十幾二十歲學生，現在就是六十多歲的人，其中最著名的就是村上春樹，他的作品中偶有出現有關安田講堂事件的人物和情節，當中瀰漫的哀傷和無奈，在小說中描寫得有如近在眼前。

另一位較少人注意的是創作歌手森田童子，二〇一八年時以六十五歲之齡逝世。她氣若游絲的歌聲，溫柔婉約的呢喃，和她一頭鬆散鬈曲黑髮、背著木結他的粗野造型很不搭配，卻和她重複但抑揚的民謠旋律，還有如同太宰治作品般詩意的歌詞成天作之合。

森田童子活躍於七十年代中至八十年代初，有唱片公司支持，算是半獨立的職業歌手，她和當時很多歌手一樣，只有間中在小型場地演出。一開始，她都以神秘形象示人，永遠戴著一副深黑色太陽眼鏡，永不除下，好像要不讓你看到如她歌詞一樣悲傷的眼睛一般。音樂生涯只留下六張大碟和一張現場錄音專集。拜互聯網的威力，喜歡她音樂的人愈來愈多；但是不像很多七十年代的當紅歌手，她一次也沒有在電視節目中出現過，目前只可以在網上找到一首歌《再見吧我的朋友》的現場錄影，以及很少很少的音樂會花絮影

像，對喜愛她的歌迷來說，她是謎一樣的存在。

後來很多評論家都認為她悲傷欲絕的歌詞和曲風，和那一場學生運動有非常大的關聯，其中有不少歌詞，和佔領事件有莫大關係。曾經有人把她一首名曲《一切都是已逝去的夢》（みんな夢でありました），配上安田講堂事件的新聞影像，放在網上：「校園大道與火焰一同燃燒／那是一個下雨的星期五／一切都是已逝去的夢／當閉上眼，就看見你悲哀的笑顏／我們在向著河岸／我們就在風中／一切都是已逝去的夢／假若一切推倒重來／我們會選擇怎樣的人生？」

懷念飛灰

八十年代成長的人，相信總記得譚詠麟和張國榮的「惡鬥」情景。你說我的偶像是「皺皮倫」，我說你的男神是「基佬榮」，然後各大報章雜誌選擇性地放大；每一年兩人都至少推出兩張專輯，無綫、港台和商台就不停播放兩人歌曲，作為歌迷看著雙方拚上榜、鬥獎項。那些年，從沒有人投訴音樂頒獎禮的男歌手獎，其實都是小圈子選舉產生的。

「樂壇已死」這四個字可說是世代交替的分水嶺。當年輕一代的樂迷為 Mirror 和 Error 擊節讚賞，為久違的土產偶像而自豪的時候，總有一些人死心不息要拿現在的流行曲和八十年代比較，貶抑今時，還會在社交平台圍爐團結地歌頌八十年代的人和歌有多麼美好。

不否認八十年代的歌很好聽，但有那麼完美嗎？當時其實有很多改編歌，八十年代初，純本土創作少之又少，而且都是由一小撮人包辦的，歌詞被指題材狹隘，一律埕埕塔塔，singer-songwriter 更是鳳毛麟角。直至八十年代中才湧現一堆樂隊及創作人。不過他們卻無機會唱 live。翻看電視 show 片段吧，由譚詠麟、張國榮，到 Beyond，無不都被迫假彈假唱。大眾和傳媒都一樣只關心歌手的衣著、緋聞、八卦，絕少談音樂。黃家駒當年那一句「香港沒有樂壇，只有娛樂圈」，你以為是無的放矢嗎？

張國榮初出道的時候，一樣被嚴厲批評為「賣樣」、「走音」、「惛型」、「唔識唱歌」、「欺騙唔識音樂嘅無知少女」等，說得要多難聽有多難聽。然後同樣的這個人，如今是香港人每年愚人節都會悼念的藝聖，而當年被譏為飛妹妹仔的情歌，如披頭四早期的搖滾曲一樣，都一一被奉為經典作了。今日，頒獎禮獎項一樣是小圈子產生，報紙雜誌一樣只關心歌手的八卦，不談音樂。雖然大部分電視的音樂節目都要求真唱，全部歌都是本地創作而且題材千變萬化，但早已沒什麼人會駐足留意了。

無論張國榮和那過去有多美好，拜託不要全盤否定現在，更不要抹煞未來。你可以說音樂工業會死，但音樂本身不會死，人們對音樂的渴求是永遠存在的。

悼念離世的，很錐心，很淒美；但也請珍惜每一位在世的，和不要到小店被租金迫走才去光顧，不要到父母生病才去探望的道理是一樣的。不要永遠只去懷念飛灰。

粵語歌的崇難精神

作家鍾祖康先生網上發文，指粵語由於是多聲調語言，用於歌曲填詞難度極高：「由於護語太心切，或由於其他原因，而大大喪失了批判能力，往往察覺不到這個存在已久的大問題，甚至發展出一種崇難精神，以粵語難以入曲為傲，覺得語言的聲調是愈多愈好！天下真有這等自虐奇事！」

粵語入詞，難是事實，難以否認。香港粵語流行曲樂壇作為一個行業，曲詞專業分家也是世間少有。同是中文，相信很多大陸和台灣的作詞人都很難理解粵語入詞登天的難度。簡單如明明你想好一個主題，你想歌曲裏出現一個很重要的詞語，不要說是四字詞、三字詞，就算是兩字詞，可能在旋律裏由頭到尾，地毯式搜索後也找不到可以入詞的地方。用普通話或國語就容易得多。這可能真的是香港作詞人才會有的煩惱了。

但即使如此，由一百年前以降，廣東人及香港人就是傳下一首又一首出色的作品，由大調小調、粵謳、地水南音，到近代人所共知的粵曲粵劇，有哪一位作者或歌者，不是克服了粵語多聲調的重重限制，又或優美如詩，又或市井抵死，都一一把文字和音樂完美地結合起來？

作為一個普通的作詞人，我一早就知粵語入詞很難，但不會以粵語難以入詞為傲，更遑論什麼崇難精神。因為用母語創作，向用相同母語的族群傳遞意念和思想，就是一件如呼吸一樣自然的事；根本從未想過這是一個「有待解決」的大問題。就算在很多人眼中，現在的粵語流行曲如何不濟，這最多都是我等創作者的能力有問題，絕不會是粵語本身有問題，因為前輩們出色的粵語作品早已是恆河沙數，傳頌至今。

甚至我這套想法都已經略嫌陳舊。事實上新一代的年輕創作人、歌手已經嘗試把粵語融入不同種類的音樂風格，以圖突破粵語的限制。就以饒舌（rap）為例，這種源自黑人風格的音樂給予粵語詞更大更自由的空間。不過很多人都對 rap 有誤解，以為饒舌如數白欖，是不需要有很高的文字造詣。其實 rapper 也有自己入詞的技巧和要求，難度並不下於一般的粵語填詞的。

不過鍾先生有一觀點倒是真的，就是創作粵語音樂的人，不論是流行曲、藝術歌曲、粵曲，在官方不重視、市場不支持、連聽眾都盲目小覷的情況下，仍然前仆後繼，費盡心機去做，這不是自虐是什麼？又如果不是自虐，到底為什麼還要逆流而上，這不是值得大家思考一下嗎？

披頭四成員五首反建制歌曲

一般香港人對披頭四的印象，都是集中於其前期，即由出道到一九六六年宣布停止巡迴演唱這段時期。前些年《有你終生美麗》導演朗侯活把這段時期的演唱會片段，甚至部分已失傳的記者會片段修復，再重新訪問在世的兩位成員保羅麥卡尼、靈高史達，及其他相關人物，拍成了一部紀錄片，記載上世紀一場席捲全球的樂壇暴風——《走過披頭歲月》（*The Beatles: Eight Days a Week*）。

其中有一件鮮為人知的逸事，就是當全世界，尤其是成年人，還有少男少女瘋狂迷戀四個髮型古怪、搖頭擺腦的小子，及其幼稚無聊的搖滾歌曲的時候，成員四人其實已對疲累而空洞的偶像生涯心萌退意。此時正值美國某些州份對黑人的種族歧視愈演愈烈的時期，一場在佛羅里達州舉行的演唱會，主辦單位把黑人和白人分開不同區域。披頭四成員特別是約翰連儂感到憤怒，四人一致決議：不會演出族群歧視的演唱會。最後披頭四和主辦單位的合約，加上絕對不能把不同人種的觀眾劃開區域的條款，四人才答應演出。

現在香港人都對披頭四的成就有所誤解，以為他們只是一隊冧女的偶像樂隊。其實，披頭四最成功的地方，就是當他們簡單大路的情歌，擄獲樂迷的注意力以及全球知名度之後，他們並不甘心止步，一九六六年直至拆夥之後，他們嘗遍不同的歌曲風格，歌詞內容愈見辛辣，其中更不乏和社會建制主流對著幹的歌曲，有心人可找來聽聽：

一、*Taxman*。佐治哈里遜不滿工黨首相 Harold Wilson 的高累進稅率政策：「如果你冷了／我向熱力抽稅／如果你想行路／我向你的腳抽稅／因為我是稅務員」。

二、*Blackbird*。根據保羅麥卡尼的訪問，此曲他為當時的美國黑人民權運動而寫。

三、*Revolution*。約翰連儂和成員在印度進行冥想之旅的時候，他在山上反思，不可以對社會及世界的事情漠不關心，特別是世界各地一連串反戰及反政府浪潮，於是寫了這歌回應世界局勢。

四、*Give Peace a Chance*。一九六九年越戰打得火熱，約翰和其日籍藝術家妻子小野洋子藉自己的婚事來反戰。他在一間酒店房的床上為這首歌錄音，此曲成為七十年代最著名最常用的反戰歌之一。

五、*Give Ireland Back To The Irish*。披頭四拆夥後，保羅和其妻及樂手朋友組成的樂隊Wings的歌曲。歌名說明了一切。當時北愛爾蘭問題困擾全英國，保羅在歌中勇敢地表達自己的立場。當然，歌曲被英國傳媒全面封殺。如果在其他國家，恐怕他已身陷牢獄被治叛國之罪……

民歌復興

很多網上文章探討香港樂壇「詞大於曲」的問題。有些人歸因於大眾對音樂的欣賞水平。人人都識字，相對容易評論歌詞的優劣，而非音樂本身。

近年留意到樂迷很期望在歌詞中發掘令自己「共鳴」和「感動」字句，手寫歌詞放在社交媒體上，抒發情感。一首歌的走紅與否和「歌詞的共鳴」扣上最大關係。相對起大家懷念的，巨星當道的八十年代，和K歌當道的九十年代，我們這個年代好像更需要有人講出我們的心聲。多謝科技，我們不再需要走入耗資千萬的錄音室錄歌，不再需要與電台電視台溝通也可以將音樂廣傳，每個人都可以獨立創作。雖然對於一個工業來說，這不是好事；香港流行音樂不再是生金蛋的行業。但我從不相信「香港音樂已死」的論調。只要有香港人存在，就會有人想藉音樂講出香港人的心聲。

歐美風雨飄搖的六七十年代，造就了 Bob Dylan、Joni Mitchell、Donovan、Paul Simon 等偉大的民謠搖滾歌手，言志言理言社會，商業上成功又不會妥協於建制的價值，這的確是民主社會擁有的優勢：自由創作，至少是免於恐懼地創作。

在香港，我們有很多影視相關的學院和課程，和大大小小的獨立短片創作比賽。很多學生，和短片比賽的參加者，他們所關注所討論的議題，都未必見容於主流商業市場，尤其是現今的「商業市場」，愈來愈受非「香港商業元素」所影響。

或者各位關心香港音樂的朋友、學者、文化人、創作人，可以考慮一下參照「獨立短片比賽」的模式和制度，也舉辦香港獨立的歌曲比賽，和有志創作音樂的朋友，一起探討未來流行音樂的發展去向。

當下要選擇絕望和放棄實在太容易了，而且有一百個理由支持；只要在Facebook發一張照片，寫一個感受就好：香港——已死。

我相信太和平和太動亂，對創作都未必是好事。正是動盪不安才會激發創作的潛藏能量。因為混亂和無常，才令多愁善感的創作人去思考各種意義，再用各自喜愛的藝術形式表達出來。

有一首鄭國江寫的老舊歌詞，適用於鼓勵在十字路口的創作人，思考未來該走的路（《城市民歌》）：

「這歌不必太美麗／只想唱出了問題」

「這歌不必要太勁／只想引起你共鳴／如要寫現今世事／歌曲好過詩／唱出心中每句話／說實情為何害怕／我願能將身邊一切／做歌曲的一切」

特別是這一句「唱出心中每句話，說實情為何害怕」。

電影也好、音樂也好，共勉。

樂壇安能再叱咤

走在街上，發現很多東西都不知不覺被互聯網取代了，例如內地的網購取代了賣廉價貨的店舖。重災區是文化，書店、唱片店、漫畫館、卡拉OK、戲院，漸漸消失在視線之中，在街上，人人都把頭垂下了。

你有做任何事都出色的天賦才華，還有肯付出一百分努力的毅力決心，與人為善的社交能力；一邊是職位平庸但仍年薪千萬的基金經理，一邊是你橫掃完各大獎項但都要為下個月租金而苦惱的歌手、創作人，你選哪一邊？

好。當你天生一副好歌喉又寫得一手好旋律好歌詞，你選了當歌手；一邊是默默地花光時間和心思，練樂器做創作，不過唱片、網上賣歌近乎零收入；商演、annual dinner叫價五位數，七除八扣實質每首歌幾千蚊落袋，還要做人肉景點的純歌手；一邊是打扮得花枝招展，化妝、護膚、時裝潮物樣樣皆能，拍劇拍戲catwalk剪綵代言無所不做，唯獨沒有時間唱歌的高收入全能藝人，你選哪一邊？

好。當你冥頑不靈還是要做一位歌手，一邊是十面埋伏，網上街外傳媒網民都是藐視的嘴臉，日日夜夜合唱「樂壇已死」，評論的人多，買歌買飛的人少，然後大小財團marketing無視音樂質素，有noise才會付一丁點金錢，再想想你作為一般歌手，商場給你免費宣傳機會真是皇恩浩蕩，之後想我手寫我心的時候，市民buy你但商界又封殺你的香港市場；一邊是條件最差的商演都有五位數字歌酬，一上電視就穩袋六七位數還可以全國揚名巡迴賺錢，終於有資源照顧一下身邊一直不離不棄的化妝師、髮型師、助手，可以多付一點錢拍好一點的MV，下一首歌有錢請樂手錄真樂器了的內地市場，你選哪一邊？

不是叫你同情和體諒放棄理想的基金經理、歌藝平庸的全能藝人、北上搵食的歌手。或者現今的歌手和創作人真的學藝不精，但這並不是樂壇沒落的全部原因。為何你再沒有閒情逸致坐下來真真正正地聽音樂、看電影？為何你全副青春和金錢都放在你的住屋之上？為何下一代快要對粵語歌和電影都不屑一顧？

大家都在旁觀和討論傷者傷勢，而沒人拯救，這個傷者不是某某個人，而是整個香港文化。

Mad World

你記不記得，在學校經歷過不多快樂的日子？可能因為被同學針對、被先生責罵，或者考試測驗成績不好，而心情低落一陣子，短的一兩周，長的可能維持一兩個月？人成長了，回望過去就會覺得當時的憂鬱很幼稚，很中二病。但是當一個人在同一個場地或空間，見著同一批人，日復日，久而久之很易產生錯覺，以為身處地方的人和事就等於全世界。不明白？你每日處心積慮要在公司上位，在業界闖出名堂，或者要做一城之首，期間千思萬念，喜怒哀樂，抽身出來看，不是一樣虛妄嗎？當局者迷，不能責怪局中人的。

網上見到某歌唱比賽，一個二十歲左右的小妹妹唱出一首英文歌；圓熟的歌唱技巧，唱得慷慨激昂，評判都擊節讚賞。不過就是不知歌手唱之前究竟是不是真的了解這首歌詞的意思。

這首歌叫 *Mad World*，是八十年代英國著名電音組合 Tears For Fears 的名曲，是樂團成員 Roland Orzabal 在十九歲的時候創作的。內容出自他自己童年抑鬱的真實經歷，講述他對於孤單苦澀的生活感到無助和絕望。歌詞甚至有少少自毀的傾向：「The dreams in which I'm dying are the best I've ever had.」這歌在八十年代成績不俗，但始終是一首老舊的歌，真正令首歌重生的是一部心理驚慄片——《死亡幻覺》(*Donnie Darko*)，由 Jake Gyllenhaal 主演，故事講一個有心理問題的少年的超現實經歷；用了 *Mad World* 做電影主題曲，不過就由美國民謠歌手 Gary Jules 用抒情、緩慢但帶點神秘的風格翻唱，意外地歌曲比電影更受歡迎，成為新世代的經典。

歌曲 MV 由殿堂級的法國 MV 導演、電影《無痛失戀》的導演 Michel Gondry 操刀，一鏡直落，從十幾層樓高空，拍攝一群剛剛放學的學生，在地上砌出各種圖案，象徵年輕人心裏各種天馬行空的夢想，對比現實的荒謬。

大人或者已經對瘋狂的世界麻木，或者適應，但青少年的心思敏感纖細，對當下現實的感覺不是大人容易明白，在大家忙著在宏觀問題爭拗不絕的時候，可不可以不要忘記關心青年一代，他們在網上，無論是歌曲創作、短片創作，甚至是社交網站的一張相、一個 post，其實已經發出很多訊號，對於未來前途的絕望，對當下無盡考試、評核、操卷、補習的痛苦，其實不下於成年人對生活壓力的無奈。崩潰的成年人都大有人在的時候，你相不相信在懸崖邊緣的青少年都大有人在呢？有沒有人在制度上改變一下現狀呢？

無獨有偶，電影《一念無明》的英文片名都叫 *Mad World*，我們瘋狂就夠了，不要留低一個更加瘋狂的社會給下一代，好嗎？

Live house 要拚命去生存

記得很多年前，我和某位唱片公司高層閒聊，當時他說原本想找一位一曲成名的中國內地歌手來香港紅館開演唱會，誰知那位歌手一口回絕。一來，那位歌手本身就比較低調；二來，那位歌手憑一首紅遍大江南北的歌，就足以巡迴內地各省市的夜場，六位數字酬金一場演出，根本做不完做不來，何苦要做酬勞不多、壓力又大的香港紅館show呢？

台灣方面，未成名前的陳綺貞、張懸、蘇打綠，還有新一代的獨立樂團，都是遊走於全島大大小小的 live house 開始，累積經驗和人氣，最後成為人所共知的音樂團體。

常有香港人詬病歌手學藝未精。有沒有聽過老一輩歌手的事蹟？梅艷芳四歲半開始隨胞姐登台：遊樂場、歌廳、酒廊。到十八歲新秀歌唱大賽一舉成名的時候，其實已經有十幾年的舞台演出經驗。有先天才華的人，都需要後天培養。

不講經驗，講錢。徐小鳳六十年代末成名，她當時當紅的程度，可以由她從晚上唱到第二天早上，整條彌敦道的夜總會她逐一去唱，有些高至六位數字歌酬一場所見得到。相傳最高紀錄是一晚十三場，可想而知收入有多豐厚。那時候香港人口是多少？不是說香港很少人，養不起歌手嗎？

你可以說時代變了，娛樂模式變了，但是live house孕育音樂新力量這個事實從未變。現在再紅的歌手，不開大型演唱會都賺不到錢。小型演唱會呢？商場會多給錢請歌手演出嗎？Live house、酒吧呢？香港有多少live house可以頂得住昂貴的租金，長開長做？老闆會和歌手或樂隊講：經營困難，這次演出可不可以當宣傳，免費，或者收很少做車馬費？老闆又會不會去和大業主說，經營困難，這個月可不可以減一些租金呢？

是的，有live house不合法，消防、食環、入境處可以輪流去封店。某個團體搞民間教學違法，教育局給予警告。街頭busking阻街製造滋擾，所以要趕他們走。為什麼偏偏全部都是青年、從事文化藝術和獨立於商業的人會被控訴？為什麼某些團體某些人又相安無事呢？因為這裏接到有「人」投訴嘛。誰投訴的？不知道，是秘密，總之就是有「人」投訴了。犯法就要執法，香港是法治社會，你懂的。

今天可以是live house、辦學，明天可以是劇場演出、錄像放映、文學講座，總之不合「規矩」的，總有一個部門可以找上門，誰管你在公眾地方還是私人地方，我們都要保障「公眾安全」嘛。

這個已經是關乎文化的生存空間，希望我們繼續據理力爭。

「別再憂未能動搖命運之手，若結果偏不如意，始終無悔，拚命過去追求。」

indie不是可以被剝削的同義詞

有朋友因為寫論文，打電話來問我對於 indie bands 和 indie singers 的看法。如果是出於研究或者論述，這樣劃分倒也可以，但如果是身為做音樂的人，自稱 indie 其實意義不大。現在無論是製作、宣傳、銷售都比起以前輕易和方便。幾十年前的獨立樂隊，在沒有唱片公司的支持下，要走去錄音、印碟、拍 MV、搞演唱會一手包辦，是一件難如登天的事。現在感謝互聯網和便利的電腦器材，自己在家包攬錄音混音拍片反而變成最低要求。自家製雖然在聲音質素上和專業製作有距離，但對於很多在社交媒體或者串流軟件聽歌的新一代來說，其實又分別不大。

有分析指 indie 是指 operation 上的獨立，沒有唱片公司的財政人力支援。音樂上的另類或非主流會用上 alternative 一詞。只要你願意去找，不是靠電台或者新媒體幫你選歌，其實香港真有不同種類的本土音樂，由藍調、爵士、嘻哈、金屬搖滾、數字搖滾都有，不過真是屬於少數。在這個金錢掛帥的社會，一般人的思維是：「不紅」等同「不好」。所以很多音樂人都不自覺會用當下的受歡迎程度來衡量自己的價值，無可厚非。

但是如果真想為 indie 下定義，我會說是在現今的環境下，勇於做自己想做但市場不接受的音樂。無論是曲風還是歌詞，「接受與不接受」其實是一個片面的假象，當中涉及政治和商業利益，和歌本身好不好聽沒太大關係。

有很多人，特別是行業中人，都嚮往八十年代星光熠熠、賺大錢的年代。我不否認那時候的曲詞水準優秀，歌手的技藝超班。但我舉個例子，如果你今天去外國交流，每個國家或地區的人輪流彈唱一首歌代表自己的出生地，你會怎樣選？你會選 Beyond 的《海闊天空》或 ToNick 的《長相廝守》或林家謙的《一人之境》，還是會選八十年代街知巷聞的日本／歐美改編歌？人家一聽就有一個疑問，這首歌真的屬於香港嗎？

如是觀之，現在樂壇星光稍遜，行業又賺不到大錢，但至少很多主流歌手或獨立音樂人都是我手寫我心，發出屬於這個時代香港的聲音。

Indie 在香港可還有多一重意義，就是代表沒有經理人，不太懂為自己爭取利益。聽過有歌手朋友被公關公司邀請出席一個活動，因為主題和她正在宣傳的新歌類似。公司說服了我朋友為宣傳，不收分文出席兼且要唱歌。朋友綵排都做了，但是公司最後因為活動時間緊迫而取消環節，白白浪費別人化妝、髮型、舞台服等準備演出的心血。朋友呀，indie 不是可以被剝削的同義詞呀！

你到底要一個怎樣的頒獎禮呢？

隨便一個香港人都會好像專家一樣出來說：所有樂壇的頒獎禮都是造馬，都是「分豬肉」，都是唱片公司和電台串謀分配好的。雖然沒錯，但這樣和說「貪念是人的本性」、「地球永遠都不會和平」沒什麼分別，於事無補。

作為受眾，你想要一個怎樣的頒獎禮？你為什麼想要一個頒獎禮？我常說電台搞一次頒獎禮，都是在玩平衡四方面的「走鋼線」，要同時兼顧唱片公司、歌手、觀眾和傳媒的需要。即是擺平唱片公司的利益，給他們的同事證明工作有成果；出席歌手們要獲得成就感，所謂有「位」給他們好好表演或加分；而觀眾要覺得場騷好看，又不會太長又不會太悶，頒獎禮結果盡量都要有些說服力；最後要使傳媒第二天有功課交，個騷有焦點，有 talking points。在電台心目中，一個成功頒獎禮就是這樣。還未說商營機構的話還要照顧好廣告客戶。

但對於受眾自己，先不再細分你是真金白銀買歌買 concert 門票的 fans 還是聽完

YouTube就評論的「聽眾」，總之頒獎禮對你來說是什麼？

是一場翌日和同事、同學吹水的談資？

還是一個你觀察樂壇發展大勢的風向球？

還是你認真了解「香港流行音樂」的指南？

如果是中間，okay，電台再離譜都不會不忠於一年內與唱片公司一同落力催谷的歌曲和歌手，雖然現在網絡主導，但和主流媒體其實是互相影響的關係。無論是他們合力催谷到很多人聽，還是群眾壓力逼得主流媒體認同，得獎的歌和人都大概真的是現在最流行的那一批。

如果是後者，sorry，我會建議你不如留意網絡的各個樂評人的年終推介更好，上網聽串流或者購買收藏，你才會知道原來香港真是有很多所謂「獨立」的歌手和樂團，有萬花筒一樣的音樂類型、視野和歌詞內容給你選擇，如果合意，你根本不需要理會他走紅與否，電台有否熱播，以及你最要好的同事、同學認不認同，你默默課金支持，希望他有下一首歌、下一個演唱會出現就好。

如果是前者，唉，那麼你開開心心看坤哥霧氣眼鏡，或者霆鋒單線 solo 就夠了，何苦還要繼續埋怨「十首歌沒一首聽過」、「那些新人我都不知道是誰」呢？不如天天上網重播「一九八六年十大勁歌金曲頒獎典禮」懷緬過去比較開心啦，對嗎？

我不是要為電台辯護。我是想說，樂壇和影壇和政壇都是一樣，是經濟、是文化，也是政治，即使力量微弱，上面又造馬又混亂，你的選票、戲票、演唱會門票，還有最重要的鈔票，依然是最有影響力的，對嗎？

東歐民族風

民族風在香港流行音樂上已經是一個近乎絕種的名字，或者民族風的時裝有時會被文青追捧，但是民族風的音樂在一個大城市裏就彷彿一早被掛上「老套」、「落後」的標籤，不管是什麼「民族」的「風格」。

香港八十年代初粵語流行樂壇開始改編外國歌曲，一早將日本之民族風引入，八十年代的日本歌謠曲，旋律和編曲上承自演歌的味道，梅艷芳的《赤的疑惑》、羅文的《前程錦繡》、徐小鳳的《人生滿希望》，聽幾句，或者聽前奏，已經知道源自日本，非常易認。那時候，想要一首日味的歌曲，付版權費給原作者就好，為什麼？模仿不來嘛。

到東歐的民族風，唯一一個引入而又能夠用粵語唱出味道的，只有林子祥（阿Lam）。

林子祥改編過前蘇聯的歌曲 *Moscow Nights*。這首應該是俄國最為人熟悉的歌曲，全世界改編過很多語言的版本，國語版叫《莫斯科郊外的晚上》，連胡錦濤都曾經公開唱過。我聽過前蘇聯紅軍合唱團的版本，有氣勢又有感情。粵語版叫《美麗的小姑娘》，雖然是情歌，但林子祥的唱腔仍保留一份狂放澎湃，是最動聽的版本之一。之後阿 Lam 又改編過著名以色列傳統民謠 *Hava Nagila*，粵語版《狂歡》，鄭國江的歌詞是忠於原詞的意思。林子祥的演繹真是讓人有一種聞歌起舞的感覺。這首歌雖然誕生於八十年代，好像到了千禧年代，仍然是大學 O-Camp 跳 mass dance 的指定歌曲之一。

此外，林子祥改編過三首前西德 Disco 樂隊 Dschinghis Khan 的歌曲，分別是《世運在莫斯科》、《古都羅馬》和《成吉思汗》。Dschinghis Khan 雖然是西歐的音樂組合，但用上「成吉思汗」做隊名，歌曲就有歐亞各地濃厚的民族風情，一九七九年他們在 Eurovision 歐洲歌唱大賽嶄露頭角，唱出隊伍同名歌 *Dschinghis Khan*；六位成員都穿上色彩鮮艷、剪裁誇張的服飾，一邊唱一邊大跳土風舞，用現在的角度應該算是一種 cosplay。樂隊之後的歌曲 *Moskau* 成為澳洲電視台宣傳一九八〇年莫斯科奧運的宣傳歌，傳誦天下。雖然歌曲是走東歐民族風，但樂隊在八十年代被指是反共產主義，而被蘇聯政府封殺，反而成為很多東歐人民心嚮自由的象徵。

之後樂隊解散，也有成員離世，不過因為 YouTube，讓人可以重溫他們獨樹一幟的曲風和舞台演出，還掀起過網上的小熱潮。樂隊加入年輕成員跳舞，還復出舉行演唱會。先不管老不老套，好聽的歌，是歷久常新的。

我們的失敗

在二〇一八年六月被公布死訊的日本民謠女歌手森田童子，很多歌曲的意思晦暗不明。因為她背景神秘，念哪所學校、什麼科目，受什麼思想、音樂風格影響，有什麼人生經歷，一概不知；只知道她經歷過一個好朋友離世的打擊。出道成名曲《再見了我的朋友》（さよならぼくのともだち）就是獻給亡友的歌曲。另一首歌《眩目之夏》（眩しい夏），歌詞描述沿住玉川上水，即是文豪太宰治投河的地方，去探望好友，但看到他吞了安眠藥後伏在案頭，耀眼的陽光、背上的汗水、夏蟬的鳴叫和太宰治的書交織而成的情境，永誌難忘；似是幻想自己親眼目睹摯友輕生的畫面。

論七十年代，日本當紅的女歌手有松任谷由實、五輪真弓、山口百惠、中島美雪等，森田算是十分另類和不多人知道的歌手。很多香港人甚至日本人認識她，都是由九十年代，野島伸司創作的電視劇和電影《高校教師》開始，因為野島取用了她一九七六年的歌曲《我們的失敗》（僕たちの失敗）。這首曲是描寫兩個曾經相濡以沫的人的回憶，現在遺下歌者一個人去追尋和懷念。歌詞常被引伸為悼念夢想的消亡，追悔人生的失敗；

以至呈現對整個成人世界的不安感和無力感。當時很多日本人，大概是沉迷於紙醉金迷、夜夜笙歌的精神狀態，經濟增長帶來的優厚物質，以及日本在世界中心的心理優越。仍然為學運和少年時代的挫折而耿耿於懷的森田，絕對和主流價值格格不入。但這種思想和作品，在自由的社會一樣有生存空間，偶爾的現場演出，小型電台和雜誌的訪問，一樣吸引到一群同樣對世界感到困惑的小眾欣賞。

然後，彷彿預告了物極必反的定理，日本經濟由九十年代初下滑，泡沫爆破，迎來痛苦的二十年。一切都是已逝去的夢（みんな夢であ

りました），如果命運可以重新選擇，又會不會選擇另一種人生呢？

世界有兩種人，有一類人選擇緊緊跟隨主流路線，不發問，不自尋煩惱；我們社會需要大量這類人才可以暢順運作，如果前面是一片樂土，大家就可以共享生活美好的果實。但另一類人，天性反叛，不會相信任何人灌輸的答案，如果大家前路無礙，這是標準的「阻住地球轉」，但如果萬一，即使是好小的機會，前面其實是懸崖，這類人就是有先見之明的偉人。不過可惜，這類人大部分都會在當下備受忽視甚至迫害，最後選擇轉軚，隨波逐流然後內心永遠漂泊的下場。

香港大合唱

群星大合唱這東西，源自英國。七十年代兩位前披頭四成員佐治夏里遜和保羅麥卡尼，先後號召樂手歌手，為孟加拉及柬埔寨的戰爭受難者籌款，但都是以組織演唱會和錄製現場大碟的形式。一九八四年埃塞俄比亞饑荒，震撼物質富裕的歐美國家；英國樂壇以「Band Aid」名義，集合當時最紅的樂隊及歌手，包括U2、Spandau Ballet、Duran Duran、Boy George、George Michael、Phil Collins等，灌錄歌曲*Do They Know It's Christmas?*。翌年，美國樂壇跟隨，錄了舉世聞名的*We Are The World*，力量大到足以令全世界的人關心非洲的飢餓問題。自此，大家有了整個樂壇為一個議題而大合唱這概念。

香港第一首群星大合唱都是以慈善名義，和為慶祝無綫電視二十周年台慶而製作的《地球大合唱》。無綫電視展現獨霸樂壇的超能力，要全港天王巨星、老中青歌手，還有上千個制服團體成員一齊拍MV，前無古人後無來者。林振強的詞一流，堪稱是粵語版的*Imagine*，不過內容其實沒有指涉任何單一議題或事件，既不是為非洲災民，又不是為香港的弱勢，而是歌頌泛泛的大愛；客觀效果來看一來滿足香港人好像心懷世界的虛榮，二來轉移《中英聯合聲明》之後的不安。原意，其實是為慶祝台慶……

第一首真正為一個議題去大合唱的是一九八九年的《為自由》，所有歌手真真正正被一件事的情緒驅動而去合唱，盧冠廷作曲及指揮。接著到一九九〇年，香港人信心崩潰，輪到香港電台號召七大天王天后歌手，合唱歌曲《凝聚每分光》，聲嘶力竭「This is Our Home! This is Our Place!」懇求香港人留低不要走。一九九一年華東水災，群星又走在一起，唱了改編自 *Bridge Over Troubled Water* 的《滔滔千里心》，指揮又是盧冠廷；最後香港人籌了四億七千萬港元賑災。三年，香港樂壇先後寫了三首歌，成功引導或者放大了香港人的情緒。那時候，香港的歌手真有這個能耐。

歲月是最大的破壞王，近年香港的歌手和流行曲已經沒有這種 power。不知是不是長輩和領導都比較念舊，偏偏一再號召樂壇演出這個戲碼，紀念這個宣傳那個，但是忘記了，之前的成功，除了背後要有人號召和大家團結之外，還要坊間有足夠的民情助燃，才會有效果。比較接近的是二〇一六年為英勇的消防而合唱的《真的英雄》。面對互聯網世界，連常理都會有人握拳反對的世代，大合唱想造成時勢，會不會有點天真？

當年有大合唱叫人留港，隔幾年又大合唱又叫人們離港，當人是聞歌起舞的蛇，還是跟著魔笛不知走向何方的羊群呢？

寫詞要押韻嗎？

寫歌多年，也算聽歌無數，對粵語歌曲的演變也掌握了一些。我和一般人想法最不同的地方是：歌詞是不一定要押韻的。

我首先要澄清，我自己寫的歌詞絕大部分都會押韻的。因為這樣寫比較安全，比較容易為人接受。

何謂押韻？無論什麼語言，根據發音，每一句歌詞句子的結尾的字音是同一個「韻母」就是押韻。以粵語為例，「媽」字的韻母就是「A」；麻、馬、罵、家、花、假、話、怕、掛、化、茶、霞等字就是同韻了。韻母不是「A」結尾的就不是同韻了，這是最清晰的定義。

日語只有「あいうえお」五個母音，除了濁音和半濁音，日語歌曲結尾大部分在這五個韻母中替換，沒有押不押韻的問題。

英語也有rhyme，不過近代流行曲都不拘一格，押韻相對比較自由，甚少一韻到底。

香港的流行曲方面，以前創作的人大都有一點中國詩詞的底子，歌詞要押韻是理所當然的。押韻對歌手有一大好處，就是歌詞比較易記。但須知流行曲的走向有一定旋律走向，往往造成類近的樂句結構，如果規限自己一韻到底，那些詞語很容易會重複及似曾相識的。我見過有人批評如果寫詞不押韻是作者懶惰的表現；我覺得剛好相反，能寫出毫不押韻而仍然抑揚頓挫、鏗鏘有聲的才是高手。

例子不多：上世紀名家鄧偉雄有一首《網中人》：「豪強心志我未消磨／何妨成與敗／重重艱辛豈怕它／闖開孽網非難事／唯望到一朝／盡破金光燦爛名利網／猶像鳥飛廣闊天／網開衝出不再返」。「磨、敗、它、事、朝、網、天、返」都不是同一個韻的。另外八十年代學界有一首廣為人知的民歌叫《青鳥》：「遇山高我願行／不怕崎嶇／像青鳥翱翔／永不怕倦／為理想高飛／隨緣在拼勁／願這世間／和平共處」。「行、嶇、翔、倦、飛、勁、間、處」八個字八個韻母的。

最成功的就是黃家駒了，傳世的經典《海闊天空》、《光輝歲月》都不太押韻的，完全無損其悠揚悅耳。為什麼？因為旋律本身已有節奏和韻律，押韻是錦上添花。不押韻，或同時用不同的韻母，或多次換韻，創作空間會截然不同的。

寫歌詞就如作詩嗎？

幾年前，Bob Dylan 獲頒諾貝爾文學獎，掀起一陣炎上。反對者認為：諾貝爾文學獎在閱讀風氣漸趨淡薄的時候，應該更專注鼓勵嚴肅的文學作品，不應為已在流行文化界攀上頂峰的人物，再錦上添花。贊成者認為：諾貝爾獎有胸襟和視野，認同搖滾樂歌詞，也可歸入詩歌的殿堂之上。黃偉文甚至呼籲要給諾貝爾評審看看香港流行曲歌詞的翻譯云云。

究竟廣東歌是不是詩？

首先要定義什麼是詩。經過無數人的爭論，也未能達致一個所有人都認同的說法。概括來說，詩是高度凝煉的文字形式，以前的人會認為詩要有格律的要求；直至現代詩的興起，連這要求也被詩人打破了。

我不是文學評論家，只可以用作詞人的角度去講。首先，無論是先詞後曲還是先曲後詞，歌詞的原意都不是直接給讀者欣賞的，而是透過樂器和歌手唱出來，才能走進聽眾的腦海裏。所以我寫歌詞的時候，從來都是由音樂出發的。脫離音樂的歌詞，可能也有流傳後世的文學價值，但這是後話，和歌詞存在的目的無直接關係。

至於一篇歌詞能不能成詩，就要看作品本身了。同樣是披頭四的歌，同樣是 John Lennon 寫的詞，也許未能苟同 *A Hard Day's Night* 是詩，它是一篇很有魅力的流行歌詞，但沒有詩味；*Strawberry Fields Forever* 就完全不同了，由韻律、用語到內省的過程，也完全具備詩的所有元素，即使忘記旋律，也能獨立地流傳後世。

創作歌詞的時候，我還是要以配合音樂，去傳遞思想（不論是作詞人還是歌手的思想）和表達感受，以聽覺出發；不以文學角度去多想，不以寫詩的心態煉句。如果寫得有詩意，最後成不成詩，就交由當下的聽眾，和未來的讀者去判斷了。

歌詞的你我她

過去涉獵過不同形式的創作，由歌詞到小說，由廣告到電影，形式上固然是大相逕庭，運用的手法也截然不同，但思考的底蘊其實是相通的。所謂「通情達理」，就是要學懂人性和天道，創作就融會貫通，但知易行難，每位創作人都是窮盡半生去探索的。

這裏嘗試用簡單的想法入手。以歌詞為例，為什麼有些歌詞用字簡單卻觸動心弦，有些詞藻華麗卻遙不可及？其中一個關鍵就是要在歌曲中建立「關係」。譬如寫一首情歌給一位男歌手演唱，開始落筆時，要先確認歌者和聽眾的關係。

第一類：「我」唱給作為愛情對象的「你」聽。

大部分情歌都是這樣，「你」是一個負心的渣女，或是一個高不可攀的女神，或是已經和「我」情到濃時的「情人」。

第二類：「我」把「我」和「她」的故事唱給「你」知道。

譬如潘源良寫的《遙遠的她》，就是歌者向另一個人「你」，訴說歌者和一個已逝（暗示是病逝）女生的故事。用這種寫法，歌中的「你」可能作為歌者的朋友、歌者的歌迷、歌者的情敵，甚至是歌者另一位心儀的女生的身份去聽，定位不同，寫法、用字、氛圍自然差天共地。

第三類：完全不提及「你」這個代名詞。

聽眾相對抽離聽歌者陳述對愛情的看法，或者聽歌者向天吶喊。譬如：林夕寫的《相愛很難》，雖然是男女對唱，但其實可以不用情侶關係去理解男女歌者，他們只是以各自的性別去陳述對感情的共有現象，讓聽眾產生共鳴。

以上是以「愛情」主題做例子，將主題改為「親情」、「友情」和「人生」，道理也是一樣。另外要注意的是，雖然外國歌曲有先例，但我們廣東歌的傳統絕少在同一首歌，同一個人主唱的情形下，置換立場身份的。所以一旦確認歌詞中的「我」、「你」、「她」這些身份後，就要統一處理，不好中途轉換位置，不然會讓聽眾疑惑和難以投入的。

第二章

如何才毋負我對青春定義

千祈唔好搞狂舞派對

當時《狂舞派》得到一點點迴響之後，時常被邀請去講座做嘉賓。我曾出席一個有關創意的分享會，分享會前社工問其中一個學生：「到底宜家僱主一般對八九十後嘅工作態度有咩睇法呢？」他答道：「冇責任心、成日『吞pop』、hea……」

與其說這是「一般睇法」，倒不如說這是一個「刻板印象」，我就遇過很多很努力為自己目標奮鬥的八九十後和工作態度hea到不行的六七十後。用年代去把人劃分，最好還是封存在社會學、人類學等的學術研究之內。在職場、在現實生活裏，這不是睇法，這是歧視。

但是對年輕人的「刻板印象」又何止於此呢？多年前，政府內曾經有人倡議在各社區舉辦舞會，「讓年輕人宣洩精力，結識異性，便不會出來搗亂。」我先不要探討哪一位天才想到用「舞會」來一次過解決「窮富不均」、「買樓困難」、「向上流動不能」，以至「追求民主政制」等一連串難題；只說竟然有人籠統地將問題簡化為「年輕人精力過剩」，所以「搗亂」，而一概拒絕和我等年輕人討論訴求，這不是歧視，這是侮辱。

猶記得那個分享會中，我問：「邊個鍾意跳舞？」對不起呀高官，在座二百人中只有三兩人舉手。並不是人人都想跳舞的。我相信他們各有不同目標、追求，百花齊放，在座有同學舉手告訴我喜歡「腐文化」、喜歡「寫新詩」；還有更多大路、偏門、你想像不到的興趣和愛好，他們的精力和創意，不是一個舞會可以給宣洩掉的。

如果真的有心要讓年輕人「宣洩精力」，不讓年輕人「搗亂」，

我衷心建議：不用大擲金錢給七七物物機構舉辦什麼歌唱比賽、舞會、興趣班了，只需將我們已經少得可憐的公共空間，不要再起七七物物的地標或旅遊景點，只需要用來開放給香港人自由活動，讓年輕人可以做做自己喜愛的事，街頭音樂藝術又好，手作市場又好，同人誌又好，齋坐吹水野餐都好。不要再用各種莫名其妙的理由，阻止開放大氣電波，開放數碼頻譜，讓年輕人有多幾個渠道公開表演，公開自己的影音作品，公開宣揚自己的興趣、嗜好，甚至營運自己的媒體。開放一「虛」一「實」兩大空間，莫講話精力，無窮無盡的文化創意也可能意外地給宣洩了出來，再不用日吹夜吹鼓勵創作、推動創意產業了。

大學生不應講粗口

香港中文大學在九十年代，曾經有幾個學生，自資印製一份刊物，免費讓同學取閱，引起軒然大波。那份刊物叫《小門報》，除了這個惹人聯想的名稱之外，內容不乏對校政和時政的尖酸批判，字裏行間當然粗口不缺，器官橫飛。那個時候，社會一樣響起一片鞭撻之聲，邏輯大致和最近聽到的差不多，都是大學乃斯文之地，大學生由納稅人供養，影響校譽，唔好教壞中小學生等。正所謂「愈禁愈出X」，中大隨後掀起一片小報潮：《西門報》、《大便報》、《孖》如雨後野草一樣蔓延，被粗口辱鬧過的人不計其數，但小報探討的內容卻同時百花齊放，有談女性主義、宗教思想、道德規範等，蔚為奇觀。

和現在一樣，當年必定有一大班保守人士聲討講粗口的大學生，他們一樣對大學生想反映的社會問題毫無興趣，腦袋自動過濾大學生對社會不滿的呼聲，他們的眼睛只看到性器官，不要緊。當時小報行文用字的粗鄙程度，和早年「血汗攻闖」那首粗口歌有過之而無不及，現在自稱低俗的朋友應該感到汗顏。

不過，如果我記憶沒錯，當時社會上雖然也有聲音要求中大校方嚴肅處理，但我從未聽過社會有人夠膽要求：引入警察和公權力來處理，一次也沒有。因為大學和公眾都心裏有數：粗口未必關乎學術，但引入公權力來插手干預言論就絕對關乎自由。大家都清楚明白這一條底線。如果大學及社會習慣了用外力來限制言論，大學便不再是我們以往理解的模樣了。

我支持所有人以自己邏輯和道理去說服對方，但不同意用公權力去禁制別人發表意見，或禁制別人借惡搞來發洩情緒。

有一萬個理由認為大學生不應講粗口，但絕不能有一個藉口禁止別人發聲，清楚明白嗎？

消極的死相

有劇團獲「語常會」（語文教育及研究常務委員會）支持及「語文基金」撥款資助，巡迴不同中學做普通話話劇表演。其話劇故事講述一個「語文能力較弱」的學生，熱愛電影，要參加電影拍攝比賽，不過電影語言只限普通話，於是新移民珊珊主動請纓相助，指導該學生寫普通話文本，讓學生學懂了很多普通話的正確發音和用詞，順利完成電影。

劇團成員在面書表示：在某傳統名校演出時，受學生「無視」和「不尊重」、「學生們只顧聊天」，還「在互動問答環節報以噓聲」、「推開工作人員的咪高峰」等，並以「金玉其外、敗絮其中」來指摘該名校。

我並不在現場，無法評論學生的所作所為，不過據報校長要在場全體學生寫悔過書。校長是相信學生寫完悔過書後，會真心悔過嗎？

我本身都是創作人，我百分百理解那位團員的心情，正如觀眾在觀看我的電影時打呵欠或喧嘩，我同樣會感到十分難過。

這幾年，我也去過不少中學開講，有時會看見同學們清一色冷淡而無神的面孔，我也會擔驚受怕，怕台下零反應，不聽不笑不拍掌，自己則像錄音機一樣把話講完，然後落寞地下台。所以，每次中學演講對我來說也是挑戰，要出盡辦法，以最短時間勾起同學聆聽的興趣。因為我知道，他們和購票入場的觀眾不一樣，他們不能選擇不出席、不能選擇離開，如果他們討厭你或你說的話，他們唯一可以做的，就是「無視」。

魯迅有句名言常被引用：「世上如果還有真要活下去的人們，就先該敢說、敢笑、敢哭、敢怒、敢罵、敢打，在這可詛咒的地方，擊退可詛咒的時代。」這句話源自散文《華蓋集》，魯迅說他自幼遵循家教，對長輩的訓誨要「屏息低頭，毫不敢輕舉妄動。兩眼下視黃泉，看天就是傲慢，滿臉裝出死相，說笑就是放肆」。

話說我去小學演講時，就從沒遇過「無視」和「不尊重」了。他們悶了，會自己放肆，會左右聊天，他們投入時就會高聲呼嗌，對老師的喝罵會立即閉嘴，但兩秒過後又會失憶一樣繼續喧嘩，非常活潑可愛，但這光景在絕大部分中學會銷聲匿跡，演講開始時我多數會望見一張張不敢輕舉妄動，滿臉裝出的「死相」。面對這局面，其實一句網絡潮語或一個爛 gag，已經足夠令氣氛破冰，令他們投入多一點了。

有時我寧願聽到台下的耳語或喧嘩，真心地表達他們的困悶，也不想看到他們消極的「死相」。因為虛偽的反應，雖顧全了我的面子，卻徹底侮辱了創作人的裏子吧。

那一天我的飛行玩具

小時候，因社區品流複雜（至少父母這樣認為），又沒有什麼休憩設施，所以沒太多機會出去街外玩。在家中除了睇電視和睇書，最大的樂趣就是透過窗花望街，看著行人來來往往。身在斗室之內，眼睛是自由的，不受阻隔，一下子可以去得很遠很遠。此外，還有一個方法讓自己逃走，就是拿廢紙，摺一隻紙飛機，偷偷地放出去，讓它代表心靈隨風飛遠。

當時只懂兩種摺法，一種就是大家都會的「尖頭滑翔機」，另一種就是「蝙蝠機」，省時方便當然是第一種，但要摺出性能超卓的「尖頭滑翔機」實在不易，加上風向、風速等客觀因素，紙飛機飛得好不好要靠運氣。童年時放紙飛機出街的時候，心裏就有一種在測試自己「今日幸運指數」的想法，如果它能飛得很久很遠，就好像抽中上上籤一樣，樂透半天，很無聊。但童年時真實的快樂，大部分就是這樣「無聊」的。

再大了一點，另一種會飛的玩意就是「風箏」。在所有放風箏的回憶中，最美妙一次是在北京，因為地方大，而且和你一樣玩的人很多，當你看著自己的風箏徐徐上升，天上原來早有一班同伴在等候你，等候你一起填滿這個蔚藍的天空，感覺相當溫暖，叫人忘懷當時低得刺骨的氣溫。

我不是擅長勞作的人，但也試過一次自製風箏，用的是飲管和很輕很薄的手工紙，不要小看這個外表古怪的玩意，它一樣可以飛上半空的。

中學時候，還有一件一年才做一次的「無聊」趣事，就是和幾個特別頑皮的同學去行年宵花市。在花市中，必有的玩具就是「氫氣球」，我們會揀選一個特別大、特別飽滿的，將它買下，然後四處拾別人遺下的紅塑膠繩，一條駁一條，讓氫氣球慢慢升上天。如果當時有人居高臨下，就會見到偌大的花市有一個氣球特立獨行於風中，和月亮作伴。我們在現場繞著圈，

就是為了看著途人突然發現天上這個「UFO」，發出陣陣的嘩嘩聲。這樂趣，當然，也是十分「無聊」的。

在《哪一天我們會飛》中，大家看見很多會飛的東西，在此要多謝香港科技大學航空工業小組，以及香港模型飛行總會的朋友，為我們研究和製作了這些林林總總、看似「無聊」但讓人無比快樂的飛行裝置，令我們可以不必太過依靠電腦特技，就把童年的夢想一一放飛在大銀幕之上。

大家看了電影之後，不妨細心回憶一下，自己從前到底有幾多「無聊的快樂」，是關於「飛」的呢？

兩句比粗口更難聽的說話

香港經常討論有關「新舊交替」的問題，政黨說要交棒，樂壇影壇說要換人，好像大家都好痛心這個香港出現了嚴重的青黃不接問題一樣，但是十年過去了，主流媒體擁抱的，依然是那些舊面孔。

所以有時我從不喜歡說「新舊交替」這詞語，一來因為不符現實，二來強人所難，難道說給新人上位了，舊人就要立即被掃入廢墟嗎？然後新人上位十數年後，無論如何也要退位讓座給下一代嗎？這其實才是最保守的論資排輩吧。

所以我寧願說「新舊交融」，總覺得一個世代之間互不了解、互相仇視的社會，根本沒有前途可言。

十分可惜，眼下香港正正就是這個狀態；偏偏傳媒和網絡，天生就是最懂得放大這些衝突，皆因正如電影一樣，冇衝突就冇戲睇啦。於是你說我是廢青，我話你係老屎忽、離地中產，雙方都在罵戰中不知不覺被定型了。

時代變得太快，前一代用自己成長的處境思考後一代的問題，後一代當然不會服氣，如果年長的朋友真有智慧，請踏出第一步，先避免說一些年輕人眼中「比粗口更難聽的說話」，譬如：

一、我不是不想退下來，但新一代接不了班。

首先你是不是真的想退？不要口不對心好嗎，當你迫於無奈要退，想留也留不了。然後就是要問為什麼新一代接不了班？是你真的天下無敵，還是制度壟斷了新人機會？其實，有很多受人景仰的藝壇大師，如鍾景輝、林子祥、吳宇森，好多都是想做就做、鍾意唞就唞，一行出來，大家不分世代還是會很喜歡他們的作品或演出，他們根本不存在退不退休的問題。

二、可不可以將目光放遠一點，不要只看香港？

至少我自己不會反對去擁抱更大的市場，中國十四億又好，全球七十幾億都好，都是個人選擇；但人總有自己眼前的目標和需要吧，你會勸說你街角好好食的車仔麵老闆，叫他全港開分店上市嗎？大的可以氣吞山河，浩瀚華麗；小的也可以精緻唯美，感動人心。

何況，世間上最大的成就，也是由最小的目標開始，很多做幾億元大製作電影的導演，最初都是拍低成本的作品起家。現在努力開拓十四億市場的香港人，絕大部分都是二十年前成功做好了五百萬市場的人。小時候長輩教我們「唔好未學行先學走」，不要一步登天，我們忘記了嗎？

離題一點，我想悼念二〇一五年末，一位輕生的少女。她喜歡攝影，我看過她放在社交媒體自己拍的照片，如果可以讓她磨練十年，或許她將會是一位獨當一面的攝影師，希望她的夢想可以在另一個平行時空延續下去，安息。

黑暗中見光明

回看二〇一五年，我和大家一樣聽過很多莫名其妙的說話，譬如：「網絡上那一班人，基本上好多是社會的失敗者」、「網民是什麼人？都是憎人富貴厭人窮的人」、「我們上幾代，逆來一定要順受，如果你不順受，面對的惡果可能更大」。

我不清楚到底香港有幾多人會贊同這些言論。我雖然不能苟同，但我也會嘗試去理解他們的想法。其實大家總會在身邊找到幾位「成功人士」有相類似的諗法，可能是閣下的父母、師長、老闆、飛黃騰達的同學等，如果你拒絕了解他們的思維，你想和解，不可能；你想反抗，更不可能。

覺得網絡上都是憤青或廢青的人，應該平時不是常上網，少看Facebook和Instagram，最多只會常去財經網站或馬會網站，甚至不太看新聞評論，因為一個電視的新聞對他們來說已經是唯一和全部的真實。再加上圍繞成功人士的，都是其他成功人士，或者在拚命搏上位的準成功人士，同仇敵愾地討厭諸多不滿的網絡，所以凡是不滿制度的，在他們眼中都是失敗者。

如何回應？首先，拚命在社會上工作搵錢，甚至薄有成就的，也可以是對社會和現存制度不滿的人，不滿的原因可以是自私自利的，也可以是公義大愛的，兩者並無衝突。這些人覺得對政府滿腹怨氣的網民，都是因為「人生失敗」，因為「憎人富貴厭人窮」，正好反映他們的邏輯：所有異議者，都只是為了自己金錢利益，否定有人真心想社會變得更好。

至於上幾代人是否逆來一定順受……我想知道他是否在指香港淪陷時期的老百姓，不順受的話會有滅頂之災。如果不是，到底如何解釋香港六十年代的罷工，火紅時代一浪接一浪的學生運動？如果當時香港人都順受的話，不知道香港現在還有沒有免費教育，有沒有廉政公署呢？

很多人說在年輕人身上找到光明。我為《哪一天我們會飛》四出謝票的時候，有一位從事製衣業多年的觀眾，說香港的製衣業好像電影，都是夕陽工業，不過她在電影中看見曙光。她還告訴我她很愛自己的工作和行業，最近還回到基本，從頭學習親手車衣，希望為工業和自己未來尋找新出路。聽罷我十分感動。漫漫長夜的確非常黑暗，但也因此發現，自己周圍每一點微弱的燭光都顯得格外耀眼。希望，不單單在年輕人，也在每一個香港人的手上和心裏。

同學，別讓 DSE 成績騙了你

拍一部戲，經年數載，所費心血亦難以量化；可惜論計成敗，卻只是數星期甚至數天的票房成績。票房慘敗，當然對幕後創作人是打擊，但卻永不能抹煞他們的價值。因為，一生人不會只拍一部戲。有些導演，一片大收，往後無以為繼；又有些票房連番失敗，某日突然重振聲威。所以用一部戲來論斷一個電影人的成就，太早了吧。

所以，千萬別要被一次考試成績騙了你。冇錯，成績真的會影響你下一步的選擇，但它絕對不能定義你的優劣。

考試其實是大人創立的，看似代代相傳，其實一直在變，配合社會和市場需要定下一套標準。昨天需要人寫字美麗，書法就是最重要的學科。如果今天發明計數機，明天懂心算的人就會突然不值一文。考試，其實就是這樣的一套把戲。

以前我們伸手可及的資訊很有限，就只有課室、傳媒，或者老師和朋友的意見。今天不同了，你只要打開手機，你自己可以好好分析未來世界需要什麼，你可以向什麼方向努力，社會各種崗位需要的知識，其實已經統統在互聯網上任你採摘，只要不是最專門的學科，如醫、法、藥、會計，其實一紙文憑並不保證你的事業順風順水。現在世界改變快如迅雷，你以為讀完大學就可以停止學習，你的生計就有保障嗎？太天真了吧。

中學也好、大學也好，你最需要學的技能其實只有一樣，就是學「如何去學」。To learn how to learn.

DSE 只是標準之一，往後你還要相對形形色色的以不同名目出現的標準，考得好的人，有優勢，但還不算是成功。真正成功的是，未來有能力改變這些標準的人。像蓋茨、像喬布斯，在未被世界定型之前，就急不及待出來改變世界。

香港過去很成功。香港人常自豪自己適應力強，順應潮流。但這一套在新世代愈來愈不管用了，因為潮流實在太快，你看到潮流丕變之時，你已經給遠遠拋離了。沒有創造潮流的能力，是注定登不上時代的高速列車的。

所以，再講一次：別讓 DSE 成績騙了你。你考得好，就當是給老師和父母的謝禮，開心一晚就好。如果你考得未如理想，甚至一塌糊塗，儘管大哭一場，儘管氣餒一番，冷靜過後，請你坐下來，在有限的升學選擇之下，想想如何繼續 to learn how to learn。

只要你弄清楚這一點，你的前路仍然康莊寬廣，一片光明。

不要成為你曾討厭的那種大人

幾年前台灣有一富商說：「相較二十多年前，現在的年輕人普遍缺乏理想、抱負，卻較為憤世嫉俗，這才是目前人才的大問題。」

然後網上有網友，以台灣當年的一張報紙剪報作出回應：「許多電子廠老闆認為，教育水準提高後，對工作固然有幫助，但相對的作業也不好帶。十幾年前工人教育程度低，慾望小，交代的事情均能如期完成。現在的年輕人卻好高騖遠，高中以上的人想法與小學程度的人想法完全不同，初中畢業生尤其難帶。另一家電子廠人事管理員則說：現在的年輕人太浮躁了，動不動就想離職，跳到其他地方去；他們的工作態度比起十幾年前真是要差多了，也較不負責任。」

香港的老闆和僱主們看罷，必定個個暗暗搖頭嘆息，感同身受了，心想「我們以前多麼能夠吃苦，由低做起，現在的青少年不能捱，只懂埋怨政府、埋怨這個埋怨那個，從不踏踏實實勤勤力力地工作，香港前途堪憂」云云。這些論調，大家應該常常在各大論壇聽到吧。

且慢，那一份剪報其實是來自一九八〇年的《民生報》，論調其實跟四十多年後的今日如出一轍。當年被埋怨好高騖遠的小夥子，很多就成為埋怨下一代的老闆了。

不信，再看看這一篇：「老闆們大部分都振振有辭地認為，現在年輕人不肯吃苦，好逸惡勞，老闆稍為說一些重話，臉馬上就臭臭的，遇上加班，就馬上把勞工法例搬出來，從來不肯為老闆設身處地想一想，周末假日的活動特別多，罵他，他永遠牢記；讚他，他一下就忘了，現在老闆愈來愈難做了！」

這篇橫睇掂睇都正中現在後生仔的死穴吧。可惜這正好是三十多年前，一九八六年的台灣《經濟日報》。

三十年後，這個世界並沒有塌下來。變的其實不是世代，而只是自己的身份地位。屁股在什麼位置，自然會由什麼位置的眼光來看這個世界。江山是我老子打回來的，現在的嚫仔又未有什麼貢獻，憑什麼對我說三道四。當年小夥子的時候對上一代的不忿態度，現在都變成自己對下一代吹噓的奮鬥功績了。

是枝裕和於二〇一六年上畫備受讚譽的電影《比海還深》，劇本第一頁第一句寫著：「我們都無法成為自己想成為的大人。」換個角度看：現在的年輕人要緊記，無論你將來飛黃騰達也好、勞碌半生也好、鶴立雞群也好、隨波逐流也好，回頭過來再面對比你年輕的下一代，也請你「絕對不要成為你曾經討厭的那種大人」。

我犯咗校規，然後……

記得小學的時候，我曾經犯校規，因為不小心被老師聽到我講粗口。所謂講粗口，其實我只是衝口而出「仆街」兩個字。這兩個字甚至連無綫電視黃金時間都可以播出；不過，我當時就因為這兩個字被老師罰站了。

但曾經見到有網友分享，原來現在進化了，不單罰站。因為說了個英文粗口單字，小學生會在周會上台，當著所有同學面前認錯，老師會指學校出了個講粗口的學生，令人好失望……

不知有沒有太誇張，不過都不難想像。香港學校的校規之嚴，涉獵範圍之廣，禁忌之多真是源遠流長，而且匪夷所思。例如我讀中學的時候已經知道有學校不准女學生的錢包裏有任何男生的照片，男明星不可以，甚至爸爸或哥哥的也不可以，要預先申請。我想這些可能只是冰山一角，有興趣可以去某社交網站中某個透露學校「秘密」的專頁查找一下。

所以我有時真是搞不清楚，學校想訓練學生循規蹈矩，還是其實只是為了想維護校規無上的尊嚴。在成人世界，規矩的合理性，是建基於群眾認同，與及執行的平等，沒有雙重標準，沒有未審先判，沒有輸打贏要。雖然校規不一定可以在開學日逐條向學生解釋，但就一定可以在有人犯規的時候，將事件作為教材，令學生理解規矩的重要，及一齊反思規矩背後的邏輯。

曾經某中學舉行「便服日」，一群男學生一時貪玩，借同班女同學的校服反串一

下。這只是短暫之舉，預計不會日日玩，但是訓導主任用了一個可能比較有爭議性的方法解決：就是記缺點之餘還要把男生一個一個捉入廁所逼換衣服。

學生的世界很單純，反串不是殺人放火，只是貪玩，但成人如果只是用對錯思維去簡化，即使是你正確，但都是平白錯過了一個教育的好機會。何不由他們玩一日，再在課堂或周會裏解釋與反思「性別認同」、「男女平權」、「社會規範」等問題。如果學校願意，我相信大量專家願意幫忙解說，還會讓人感到學校十分「開明」。

成人世界怎樣荒謬也好，或者你已經被迫要將荒謬傳給下一代都好，最低限度，你不要將他們天生的反叛力和好奇心閹割，任得他們無條件全盤接受社會的全部規範。因為社會的進步，自古至今，都是靠少數有智慧，又反叛的人甘冒大逆天下的風險，去質疑，去改革，焦頭爛額有之，粉身碎骨有之。希望大人眼睜睜看著整個世界墮崖之前，仍有年輕人用赤子之心及時出手相救。

你欺負我我報復你

距離日本福島核災事故已十周年有餘，最令人難受的是成人的錯要小朋友來承受。這些年來都聽聞有災民表示曾經受欺凌和歧視；被欺凌者或忍，或轉學，更有甚者是有輕生念頭。面對校園欺凌問題，成人一定責無旁貸。

回到香港，曾經在討論區看見一個貼文，樓主只是一個未滿二十歲的青年。他說他最疼愛的妹妹念中一，在學校被一個男同學欺凌。男同學不停罵她是雞、發姣、公廁，其他同學起哄和議，令他妹妹受盡精神壓力。樓主恐怕妹妹有朝崩潰，向討論區的網友求助。

回應的方法五花八門：有人說要妹妹故意留級，或者轉校逃避；有人說要妹妹上泰拳班，學成後將欺凌者暴打；有人建議將欺凌者的資料放上網，等他也受到更大的網上欺凌等。最多人覺得有用的方法，就是找幾個牛高馬大的朋友，放學時間去學校門口等欺凌者放學，恐嚇他以後不要再搞事。回應者有些是過來人，有些只是看熱鬧，但大家都有個共識：就是覺得向警方或者校方舉報是「無用」，最後被欺凌者只會受到更大更嚴重的針對和杯葛。

無論是什麼理由，這是一個警號。面對欺凌，學生都不相信成年人能幫忙，一是千方百計逃避現實，二是扭盡六壬用私刑去恐嚇、去報復，「你欺負我，我報復你」。當這個想法根深柢固，當他們成為社會的一分子之後，潛意識都會以相同思維去解決糾紛，屆時真是不需要衝擊法治，我都相信香港既有的一套價值觀會慢慢崩潰。

我們成人，日常生活的世界已經完全與新一代脫節，很多人以為自己都曾經年輕過，就會完全理解年輕人的想法，殊不知每一代人所面對的處境都不一樣。或者我們覺得世界很好，只要叫他們「積極地面對，多些正能量，多些留心城市和國家的發展，前途都是一片光明」。或者對啦。問題是：年輕人現在是不相信成年人說的話。

如果大家都無力阻擋公眾人物、既得利益者，在媒體上繼續滿口歪理、指鹿為馬，至少自己不要吶喊助威，為邪道護航。每一個人都可以或多或少講一些、做一些。泥牛入海總好過不動如山，不知奏效與否，不過如果不想一走了之，就只有死撐去面對。

曾經 Dem Cheers 的你

又一個只發生在互聯網年代的事件。有人曾將多年前的港大舍堂 Dem Cheers 拿出來取笑，一樣本來存在已久的大學次文化，在 Facebook 和 YouTube 被公諸於世。在我讀中學和大學的年代，港大舍堂文化有一種濃厚的神秘感，諸如作弄新生鬧得很瘋狂，內部歸屬感超強等，統統都是傳說，是聽學長和同學口耳相傳。到了這個什麼全都放上網的年代，什麼神秘感都沒了。

話說這群女生應該全部畢業了，已經在香港社會上不同崗位工作中。留言說她們今時今日重看會不會很後悔，當年很認真做了一件糗事云云。

據我所知，即使是宿舍凝聚力稍遜的中大，宿生都會對幾年的群體生活念念不忘，不論當時所做的事有幾傻、幾無聊。大學就是大學，一個既崇尚自由又重視社群團結的地方，一個你一出社會工作，就沒得回去，只可以懷念的地方。

一所正常的大學，如果沒有傳媒和社會的干擾，理應就是一個反叛的地方，這裏人人都有權宣講自己主張，亦有權反駁別人的主張，唯一不可以做的就是禁止別人說話，正所謂「我反對你的想法，但我誓死捍衛你表達你想法的權利」。只要沒傷害別人，就沒有東西不能討論：化學會講解毒品的成分和原理、物理會質疑宗教的教義、社會學會討論賣淫的存在價值、人類學會分析亂倫對族群的影響。教人做金融和做生意也有，但只屬於綜合大學世界裏的一小部分。

就是每個人的學識和思想都不同，大學給予一個地方來自由交流，探求真理，研究出路，無論你的政治取向、價值取向或性取向有多特殊，你也會找到一個半個氣味相投的人，陪你在思想的曠野上流浪下去。

就算不說學術，大學對於很多同學來說，就是一段曾經可以集體做蠢事、玩低俗O-Camp 遊戲、玩 Dem Cheers、一群人無所事事坐在空地食糖水聊天到通宵達旦的日子。這段輕狂歲月，這種浪漫體驗，這場無憂無慮的青春，已經靜靜地封存在記憶裏面。當出來社會工作，上班迫巴士迫港鐵，office 被客戶和老闆埋怨，超時工作到十一、十二點，一個人走在燈火闌珊的街道上的時候，那些畫面和聲音就會走出來提醒你，你曾經都有不理世俗的行為，你臉上都曾經掛住不經修飾的笑容。你開會時候虛應同事上司的笑聲，一定不會有玩完 Dem Cheers 攬住同學跳來跳去那一份簡單和真摯。

如果你真有為當時 Dem Cheers 喊過的幼稚歌詞、做過的古怪動作而面紅，記住，錯也錯在現在太方便的手機和網絡，而不在你天真可愛的青春。

亮起紅燈道德淪陷

學術研究，大家都樂觀其成。不過不知是傳媒斷章取義，還是什麼原因，二〇一八年理工大學做了項研究青少年問題的研究，記者會翌日，全港報章網站都有類似標題：「香港青少年的道德問題亮起紅燈」。看完標題，真是嚇得心驚肉跳。

再看回內文，哦……原來研究是說：為了探討家長對青少年道德品格發展的看法，用問卷形式訪問了九所中學、四百三十一位中學學生的家長或監護人。最後發現四成受訪家長認為，一般香港青少年的道德水平偏低。過半數家長認為青少年行為自我中心。有三至四成的受訪家長表示青少年有物質主義傾向。家長對青少年品格特質評價亦都偏低，認為青少年在多方面包括「勤勞」、「樸素」、「自律」和「尊重傳統文化」都有待改善云云。

只要識字和有少少邏輯思維都會看到，那研究其實是得出：「在家長和大人的眼中，子女和青少年的道德問題亮起紅燈」這個結論，與青少年真實的道德思考和行為沒太大關係，因為調查對象，一開始就沒有他要研究的主體——青少年。

不過，原來這只是整個研究的第三部分，之前已經有兩個部分訪問了中學生和教師。那麼傳媒該不該中肯一點，綜合三個部分才寫標題呢？

這類研究，真的很有警世的作用，不妨多做，從社會多幾個面向去探討道德問題。例如「訪問大公司老闆，研究打工仔工作態度問題」、「訪問半山區的市民，研究深水埗的社區問題」、「訪問曼城球迷，研究曼聯球員的球技球品問題」，然後看看會不會得出：「香港打工仔工作態度亮起紅燈」、「深水埗的衞生治安市容統統亮起紅燈」、「曼聯球員的球技和球品都亮起紅燈」這些結論。

青少年和成年人當然不是對立。過去青少年就是今天的成年人，今天的青少年就是未來的成年人。我真心相信有關研究是以青少年身心健康發展為理念，很想家長和子女之間有多一點了解和溝通。好了，現在年青人知道成年人怎麼想了，是時候轉過來，去進行一系列「本港成年人道德品格發展」的研究，訪問一下青少年甚至小朋友，他們眼中的成年人，在品德誠信、言行舉止、生活習慣等有什麼看法，等大家看清楚到底青少年是怎樣想當下的成人，我們又創造了一個怎樣的世界給下一代；然後先再去追究何年何月何日，又有哪個年青人用髒話問候了哪位成人，再得出「香港青少年道德亮起紅燈」這個結論。

兒童節

世界各地都有屬於自己的兒童節，很多都定在六月一日或者十一月二十日。六月一日是國際婦女聯合會定下的，十一月二十日則是聯合國教科文組織定下的，全世界只有香港和台灣是定在四月四日，此乃中華民國時期開始的習俗，源於一九三一年，由當時民國政府的行政院長、孔子後人孔祥熙主理的「中華慈幼協濟會」提議，開始定下四月四日為兒童節，但台灣地區要到一九九一年的時候才把這天和婦女節合併為同一個節日，放假一天，並且定名為「婦幼節」。所以四月四日名副其實是兒童節，大概只有香港。

沒人否認兒童是未來，最老生常談的說法就是：「孩子是我們社會未來的棟樑」。但想深一層，為什麼會這樣說呢？筆者曾經為一隊新的兒童合唱組合 Idol Jr. 寫了一首歌，叫 *Imagine*，歌詞大意是說，孩子會想像自己和世界的未來會變成怎樣；我們現在有的海洋、森林、清新的空氣又會變成怎樣；他們這刻天真的心靈又會變成怎樣？當我們說「孩子是我們社會未來棟樑」的時候，或許會有一種事不關己的無奈——孩子是未來和棟樑，那麼我們呢？我們不是「社會現在的棟樑」嗎？我們的社區、我們的學校、我們的制度、我們的地球，不是統統在我們手上嗎？如果我們對於現在的困境無從入手，老鼠拉龜，為什麼要期待未來的主人翁會帶來突破轉好的改變呢？

「垂頭在想像，明天的模樣／誰來做榜樣，紙船隨風向／望社區、望故鄉、望每天電視報章／望你行為，做我模擬的方向。」

小孩子常常是模仿我們的，我們現在最關心什麼，他們就會學到什麼。看看我們這個社會，你每天在褒貶什麼事，賞罰什麼人，就知道社會關心和認同的取向了，現在社會哪個最大聲量，最多人關注什麼，那些不就是小朋友對世界的認知嗎？你站出來關心樓價升跌也好，香港的平原森林被火燒也好，小朋友就知道哪樣東西重要了。

「有沒有望真我？有為我著想過？／不清楚應否信任所有大人嗎？／天真的心靈，明日又會變什麼／願你可，坦誠來答我／明天將變哪樣，我依靠想像／可否靠你，去重拾理想。」有朋友看完這幾句第一個反應就是「傻的嗎，當然不要相信成人啦」。我想說，無論你想不想，小朋友第一個會相信的，就是身邊的成人，所以你想小朋友將來怎麼樣，心靈會變怎麼樣，讀多個少個興趣班都不重要，請先想想我們現在留下一個怎樣的世界給他們吧。

由一對香腸腳說起

社交媒體曾經出現過「香腸腳」惡搞潮。源頭是一位加拿大的飲食博客，在自己的Tumblr拍攝一雙香腸，來模擬網民鍾意自拍雙腳，宣布自己正享受假期的照片，引起巨大迴響。有人說這類炫耀照片一到假期就會大量洗版，「香腸腳」正是一種心理反彈，嘲笑很多人一窩蜂以樣板的相片，透過社交媒體虛構自己的「理想人生」。

早有專家質疑：社交媒體愈發達，愈多人以精挑細選的虛擬人生取代活生生的真實體驗。英國有一個十六歲的男孩因自殘被送往醫院。醫護人員本來想施加抗抑鬱的治療，但當醫生和他詳談以後，建議患者用另一個方法：要他在睡前一個小時「斷網」，不要上任何社交網站。幾個星期後，再延長「禁網期」至臨睡前兩小時和起床後兩小時。六個月後男孩情況明顯好轉，更主動參與學校及社區的活動。

陸陸續續有國家注意到心理健康與上網習慣的關係，譬如立法禁止給太小的幼童接觸電子產品。美國有兒童福利專家去信給Facebook的朱克伯格，要求他停止專為小朋友而設的「Messenger Kids」。信中還列舉調查報告，有小至十歲的女孩因為 Instagram 而出現自我形象低落的問題。英國皇家公共衛生協會在二〇一七年訪問了一千五百個由十一歲至二十五歲的年輕人，報告指出在五個最常用的社交網站中，Snapchat 和 Instagram 比較會令使用者感到匱乏和焦慮；而 Facebook 就最能使網絡欺凌惡化。

其實網絡只是人類社會的放大鏡或者縮影，問題不一定在 app 本身。有一個女孩十四歲患上厭食症，長期處於嚴重沒自信的狀態。她發現 Facebook 上面有「厭食症康復的社群」，很多有飲食失調的人會分享病情的種種高低起伏。她從此開了自己的 account，每天上載她每餐的食物照片和進食的心情，就好像一篇篇飲食日誌一樣；利用 hashtags，她有了一大班 followers 每天鼓勵她，讚賞她一點點的改善，「讓她覺得不再是孤單抗病」。

每項新科技都會帶來一次思想激辯。幾十年前出現電視機，一樣很多人大聲疾呼，慎防人類墮落。水能載舟亦能覆舟的傳統智慧尚未深入民心；一切好與壞，何時都是看人類自己。命運不是操縱在少數科技精英或者政治巨頭之手，而是在你和我身上。

我們看似重複而機械的生活，其實每天已經不知不覺做了一百多次的選擇，由你吃什麼買什麼，到你在社交媒體上說什麼上載什麼。一隻蝴蝶拍翼成風，是神話；千億飛鳥奮力展翅，就可能成真。以後你上網說話，會三思而後行嗎？

第三章

用載著美夢的飛車一起越軌

奇蹟的蘋果

有很多事情，橫睇掂睇都係徒勞無功、白費心機，不值得花整個人生去奮鬥。

一九七一年，木村秋則，日本一個平凡的上班族，回到故鄉和一位姑娘結婚，以種蘋果為生。日本的蘋果樹每年大概要灑十三次農藥，才可以抵抗害蟲的襲擊。他想能不能種出完全不用農藥的蘋果呢？於是秋則靠一本書店買回來叫《自然農法》的書，就膽粗粗地押上農田和一家幾口的生計，來一場破天荒實驗。他試過自己用紅糖、醬油、醋、胡椒，如百子櫃執藥般調配農藥的代替品，他試過親手摘去附在整個農田的樹葉上成千上萬的害蟲，他試過因為害蟲蔓延而被整個社區謾罵和杯葛。他那個年代正值日本經濟騰飛的黃金時代，鄰居們都靠著一塊田地，定期收割，就可買車蓋屋，出國旅遊；而他的女兒在堂上作文寫道：「我的爸爸是種蘋果的農夫，但是我從來沒吃過他種出來的果實。」

十年實驗令他全家一貧如洗，眾叛親離。他夜晚外出做苦工兼職賺錢，還被黑社會分子打掉兩顆門牙。萬念俱灰，就在半夜獨往荒山尋死的時候，他無意中發現一棵在月光下掩映的栲樹。樹林裏沒有農藥，滿布蟲子，栲樹竟可結出果實，吃一口，甘甜無比，秋則悟出道理：原來他一直在用人類和自然對抗的思維看待這回事，一直妄想找出農藥的自然替代品來消滅害蟲。秘密就在泥土裏，不是要把蘋果樹從大自然的天敵中隔離，而是營造和自然一樣的環境，讓它自己適應。終於在第十一年後他在自己的田地上種出完全不含農藥的蘋果。聽說他的蘋果切開後不會氧化變黑，即使放兩年也不會腐爛，而是會枯萎愈縮愈小，最後變成散發蘋果香的果乾，成為很多日本人心中「一生人必要吃一次」的蘋果。

木村秋則的傳奇故事，被導演中村義洋搬上大銀幕，由阿部貞夫和菅野美穗主演，叫《奇蹟的蘋果》。

看到這裏你可能會問，他為什麼要不用農藥種蘋果呢？原來當時他發現妻子對農藥敏感，嚴重的時候甚至卧床不起。最初是他愛老婆才興起這個令全家痛苦十年的念頭。如童話，但真實發生過。無論你是DSE零分的考生，還是已經焦頭爛額的撞牆雞蛋，看過這故事後：「唏，give up？太早喇啩。」

Mirror 三子

毋庸置疑，Mirror 是香港二十五年來最強大的偶像旋風，亦是繼四大天王之後真正有望同時雄霸樂壇和影壇的藝人。Mirror 十二子當中，我和其中三位有合作過。

第一位是陳卓賢 Ian，他在我擔任粵語配音導演的韓國動畫《魔鏡肥緣》中，聲演男主角。身為王子的他，在故事裏因中了魔咒變成又矮又醜又全身綠色。Ian 雖然是首次替動畫角色配音，但真的非常有天分，在沒什麼經驗的情況下，用聲線演繹不同的情緒，都一一勝任，節奏也掌握得不錯，相信和唱歌的訓練有關。唱歌投入豐富感情的歌手，其實比起更多正統戲劇訓練的藝人，更適合拍攝電影。

配音過程中，Ian 的搞笑部分令身邊的工作人員捧腹或莞爾。不過最令我印象深刻的，是一段他向女主角的深情示愛，俗稱「冧女」的獨白，只聽聲音已為之心動，具有貨真價實的白馬王子氣質。

第二位是柳應廷 Jer，他第一次為電影演唱主題曲，是尹志文導演的《媽媽的神奇小子》。某一天作曲的戴偉打電話給我，說要為一部很好的電影寫主題曲。當時我還未細心去認識他的歌。之後花了一些時間聽他的作品，了解他的唱法和風格，才下筆作詞。Jer 天生一把有穿透力的聲線，是香港久違的一種聲音，特別適合唱大愛類的歌曲。因為屬電影主題曲的關係，我寫的風格大概和他前幾首與小克合作的歌會有點不同。那時候我們正值疫情困擾，我希望透過他的聲音去鼓勵低潮中的香港人。

最後一位是隊長楊樂文 Lokman，眾所周知他早在 Mirror 成團前幾年參演了我監製和編劇的《狂舞派》。他是《狂舞派》最重要的功臣之一。我和導演看中他的舞技和外形，大膽起用當時沒有演出經驗的他做男主角之一，效果相當不錯；因為他善良而含蓄的氣質，正適合演活 Dave 這角色。

闊別多年，他已是城中著名男團的隊長，歷練選秀節目中的喜怒哀樂，回來再參演《狂舞派3》，已是破繭而出的蛻變，叫人刮目相看。

其中一場戲，是講述 Dave 拿著獎盃，和阿花默默地走在昏暗的街頭，不用言明地說分手的場面。無論在拍攝現場還是在後期剪接室裏看，我仍然深受感動，心裏想：「這些年來他到底是修練了演戲技巧，還是經歷了很多人生的潮起潮落呢？」現在他換了一個氣場，不單是一個 locking 舞王，更像一位會兼顧大局的領袖。我深信我會再和他在電影上合作。

飛的理由

徐志摩寫過：「人類最大的使命，是製造翅膀；最大的成功是飛！」

歷史好像要追溯到牛頓的蘋果跌落之前，人仰望長空，看著百鳥盤旋，就天天想著要和上帝設定的地心吸力作對。我們就是這樣，愈難辦到的，我們愈想挑戰，當我們愈想挑戰，別人的質疑和嘲諷愈是會從四方八面紛至沓來。

二十世紀初，萊特兄弟先後建造「飛行者」一號至三號，經歷不停的失敗，不是摔得七零八落，就是失控地東歪西倒，最後終於在荷夫曼大草原試飛成功，跨越了約四十公里。他們一直為自己拍攝試飛相片，可是「飛」在當時世人眼中實在太匪夷所思，很多人半信半疑，甚至懷疑他們造假。《紐約先驅報》就曾經大字標題攻擊萊特兄弟：「飛行者還是說謊者？」（Fliers Or Liars?）《紐約先驅報》大概只是芸芸大潑冷水的傳媒之一。想把人送上天空，技術上必要有清醒到底的理智；但要力排眾議堅持夢想，靠的卻是浪漫至死的熱情。

放諸今日的香港，很多香港人也做著各式各樣的夢。明明有些事在外國可以是理所當然，在香港卻變成天方夜譚。例子不勝枚舉：要普選、要自由，或者想在香港做科研、搞藝術，或者只是想拍一部純港產片，話一出口就會招來各式各樣的反對理由：有人唔准、有人唔畀、冇人鍾意、冇人欣賞、冇市場、搵唔到食、買唔到樓等等等等，聽上去好像滿有道理，其實內容是一樣的：「不要浪費氣力吧，須知地球是有地心吸力的！」想飛，翱翔天際，不就是擺明要違反地心吸力嗎？要實踐超乎現實的美麗夢想，不就是要對抗殘酷的現實嗎？

徐志摩還寫道：「飛。人們原來都是會飛的……但大多數是忘了飛的，有的翅膀上掉了毛不長再也飛不起來……」

也許，地心吸力就是神給我們最趣味盎然的謎題。祂就像一個好奇的小童一樣；死氣沉沉、匍匐在地上的人絕不會吸引祂的目光；只有生而未忘曾經擁有翅膀的人間天使，一次又一次地展開雙手，一次又一次從半空墜落，但一次一次再弓身奮起，這樣的經過才會得到祂的青睞和眷顧。

風起了，已足以成為我們想飛的理由。

天生冒險家

看過《狂舞派》的朋友，都會認識片中那一位截肢舞者，他的名字是Tommy Guns Ly。無論是電影情節還是真實世界，他呈現的就是不卑不亢的態度，遇強愈強的熱血，因病失去的右腳沒有成為舞蹈人生的障礙，輔助的枴杖、義肢或輪椅，反而成為他在舞台上施展舞技、發光發熱的道具之一。

英國女歌手兼模特兒Viktoria Modesta原籍拉脫維亞，六歲的時候扭傷，醫生錯誤地將她的傷腳置於石膏內太久，殺死了部分腳部神經，以致她的左腳幼弱如柴，並比右腳短了七厘米，自此她進出醫院多次，只是不但未能糾正錯誤，甚至差點因手術送命。十九歲時她索性自願切除左腳，裝上義肢，避開永無止境的矯形手術。截肢初期，本身已經是模特兒的Viktoria自卑作祟，覺得要掩蓋殘障，可能永遠不可以穿著高跟鞋及短裙；現在她利用義肢成為造型的一部分，反而令她覺得自己比從前更自信，人生更加完整。

Viktoria在二〇一二年正式出道成為創作歌手，二〇一四年和英國第四頻道

（Channel 4）合作，推出全新歌曲 *Prototype* 及 MV，MV 一開始出現字句「忘記你對殘障的認知」（Forget what you know about disability），她裝著一隻發光的義肢婀娜起舞，鋒芒四射，然後出現前東歐的秘密警察將她拘捕，罪名是得到別人的景仰，最後她在一塊全玻璃的地面上行貓步，尖錐形的義肢，一步，一步，鋒利的腳尖把地面一一刺碎，大概寓意粉碎既定觀念和守則。片末出現字句「我們有些人生來就與眾不同，我們有些人生來就是為了冒險」（Some of us were born to be different; Some of us were born to take risks）。

華麗的影像和破格的美感當然令 MV 一炮而紅，幕後團隊沒有稱 Viktoria 為截肢或殘障歌手，而是自創了 Bionic Pop Artist 這個詞語，宣傳她是全球第一位「仿生機械流行歌手」。

經紀人公司到底有沒有濫用或剝削 Viktoria 的殘障作為宣傳噱頭或賺錢工具呢？或者有。但更重要的是，她已經擺脫我們的固有認知。Viktoria 曾在訪問中說：「我從來不喜歡覺得自己是一個殘障者，殘障反而令我更主動去挑戰老套的價值觀，為流行文化尋找新方向。與其停留在對殘障極為沉悶的道德辯論，不如以欣賞、渴望、好奇甚至妒忌的態度來看待我們勇往直前吧。」

哪一天我們忘了會飛

聽過一些個案，小時候媽媽強迫女兒學琴。本來女兒對彈鋼琴沒什麼興趣，但是媽媽就是一星期兩日，一日幾小時，要女兒對著密密麻麻的琴譜不停敲打，十隻小指頭也打出厚繭來，為的就是可以在親友前、在學校面試中，一顯才華，輕則搏得廉價的讚美，重則收關寶貴的名校學位，所以才值得小小年紀的她，犧牲和洋娃娃相處的時間，放棄到公園放任奔跑的假期，也要默默努力加油。

這種背景之下，當中有一部分女孩可能會產生對抗心理，以後都不會再愛音樂了。除了以肌肉記憶對譜照彈之外，大概會把樂理和音樂聽力都還給音樂老師及考試，然後讓鋼琴上的紫色絨布漸漸封塵。

但又有一小部分的女孩，衝破了耐性的樽頸之後，會慢慢體會到琴鍵升升降降的樂趣，細味到音階高高低低的妙趣，而想再行前一步，想要晉身音樂奧秘的殿堂。音樂的荳芽捱過日曬雨淋，就會想開出芳香的花朵。

但是，又是同一個媽媽，或者加上曾經在旁邊讚賞女兒琴技的親朋戚友、鄰居長輩，都會苦口婆心地勸告：音樂難以維生、在香港玩音樂沒有前途、音樂當興趣玩玩就好，不能當作職業／事業／志業；還是念會計、金融，做不成乜師物師，也至少入銀行或大企業做OL比較實際，上繳的家用也會來得穩定和準時。

這樣想有沒有錯？完全沒有，完全合乎理性，尤其對家境不太理想的家庭來說，她的演奏家夢、作曲家夢、流行歌手夢實在太虛無縹緲了。既然早知如此，當初又為什麼為我打開那道夢想之門呢？從何時開始，夢想之門變了禁忌之門呢？

不只是音樂，還有體育、設計、藝術、學術，香港到底還有幾多青少年，本來羽毛漸豐、躍躍欲飛的翅膀，被無情地剪掉呢？

創作《哪一天我們會飛》這個故事的時候，最先出現在腦海的，就是「舊生聚會」的場景。一班久未會面的同學，各散東西，二十年後聚首一堂，會是什麼境況，當年傲氣沖天的他，現在會不會壯志未酬呢？舊日可愛動人的她，今天會不會還是美麗如昔呢？聚會之後，大家會帶著什麼心情離開呢？會不會慶幸自己尚且活得不錯，還是暗自比較成就財富不如他人呢？

以前能堅持夢想，原封不動奮力追求者，總是鳳毛麟角，少之又少；而被現實消磨意志，或被生活拖拖拉拉的，還是佔大多數。

多少年後，我們其實不該問「哪一天我們會飛」，而是要問「哪一天我們忘了會飛」。

哪一天我們會飛

《哪一天我們會飛》原名叫做《愛的根源》。

二〇一〇年時看罷郭子健導演的《為你鍾情》，不知道為什麼一邊看一邊在腦海構思著另一個和那電影完全無關的故事，是關於一個「三角關係」的故事。回到家裏，又思考另一個問題：人為什麼要懷舊？

《為你鍾情》有著濃濃八十年代的情懷，walkman、Boy London、八佰伴，當然不缺穿插其中的，還有一首一首哥哥的金曲。不知道由幾時開始，哥哥成為那一個美好年代的象徵；他的溘然長逝，也象徵那個美好年代無疾而終。好像從此就在明明連續不斷的時間軸上，劃出清晰的分割線，香港進入了光芒黯淡的歲月一樣。

大家每隔幾個月就會在社交網絡上分享一次一九八五年《勁歌金曲頒獎禮》的開場片段，埋怨為何當年香港可以星光熠熠，位位都是天王巨星：譚詠麟、張國榮、梅艷芳、林子祥、許冠傑、張學友等，現在除了幾首在網上竄紅，供網民恥笑的「膠歌」和「怪人」之外，香港彷彿再無值得入耳的流行曲似的。現在很喜愛很掛住哥哥、梅姐、家駒、百強和羅文的朋友，在他們全盛時期是什麼模樣的呢？在聽什麼歌曲呢？

所以當時在我腦海出現的，最後是還活躍於樂壇的譚詠麟，是一條還在伸延的線，是一個在世的傳奇。當中《愛的根源》這首歌最令我有感覺，雖然這首歌的出現，其實比我所創作故事時身處的年代，早了八年。不過就只是「愛的根源」這四個字，都確實令我有一種莫名的感動。世間上一切愛情，無論二人之間經歷幾多生關死劫，幾多蕩氣迴腸，其實歸根究柢，都是根源於一粒緣分的種子，一朵巧合的花，或者是一次差之毫釐，謬以千里的蝴蝶效應。只要動力稍一偏差，也創造出截然不同的結局，我就是帶著這想法，寫了《哪一天我們會飛》這故事的。

我和導演黃修平討論劇本的時候，一早有共識：這不會是一個只有傷春悲秋的世界，也不會是一個主角把頭栽進了回憶的「黑箱」，然後自怨自艾說看不見前景的故事。無論過去如何美好，如何令人懷念，如何令人不肯割捨，最後我們也要面對未來，因為世上並沒有多啦A夢的時光機，我們不能回去二十年前糾正錯誤，但我們還為二十年後做正確的選擇，或者用未來去驗明：我們過去所選擇的，即使有憾，但是正確。又或者，即使有錯，但是無悔。

香港是不是一個讓人發夢的地方？

常常聽到有人引用《哪一天我們會飛》的一句對白：「香港是不是一個給人發夢的地方？」我不懂簡單回答，心想：香港是一個什麼地方，最終也是靠每個香港人自己用雙手創造的。

一九六一年，曾執行希特拉屠猶計劃的艾希曼，從南美洲被引渡到以色列受審。德國思想家漢娜・阿蘭特（Hannah Arendt）專程到場旁聽，並記錄了她在庭上的所聽所感，寫成《平凡的邪惡：艾希曼耶路撒冷大審紀實》（*Eichmann in Jerusalem: A Report on the Banality of Evil*）一書。書中提出一個概念，名為「邪惡的平庸性」（banality of evil）。她指出做壞事的人不一定是大奸大惡，更可能是抱著「盡忠職守」和「依足規矩」心態的平凡人。在庭上，艾希曼自辯說他並不憎恨猶太人，只是遵從上級下達的指令，執行自己的職責而已，甚至有說他待人至善，親友都稱讚他是好人。

但是，這不成幹壞事的藉口，艾希曼沒有反抗上級而犯下滔天惡行，依然有罪，最後還是被判死刑。

即使本性善良，但如果惰於思考，仍然很大機會成為邪惡的幫兇，甚至主謀。阿蘭特說：「脫離現實和缺乏思考能力，比起人類當中的所有邪惡加起來更可怕，這就是我們應該在耶路撒冷汲取到的教訓。」

我們並不完美。繁重的工作和生活壓力令我們喘不過氣，日漸疏於思考，只簡單接收媒體給我們的訊息，然後自然反應地按讚、留言、分享，不想去證實真偽，那太累了。

我們只想活得心安理得，所以會在生活的小節上行善，讓座、捐獻、做義工，這些都值得鼓勵，但每當行動抉擇涉及更大的道德思

考，我們會傾向和別人同步；如果進一步這抉擇會威脅到自己工作職位的安危，我們就會服從命令，甚至顛倒黑白，給自己一個正義的理由去服從命令，不想再去思考善惡了。所以阿蘭特也說過：「最悲哀的事實是，最邪惡的事每每都是由意識裏不分善惡的人所做的。」

在書中最後一段，阿蘭特說：「在政治中，服從就等於支持。」或者香港當下最需要的，不只是追求夢想的勇氣，而是每個人都勤於思考，分辨善惡的勇氣。人人都說追夢，但有幾多人說得出什麼是夢？真正有價值和意義的夢想，我覺得不單只是關乎個人的利益，更應該是關乎他人的幸福。

但願我自己，以及各位同路人，不單只思考自己的夢想，也同時思考如何讓別人也可以追求夢想，養智慎思，明辨善惡和美醜，讓香港再次成為一個可以讓人發夢的地方。

願望就是明天

很多年前在日本發生的新聞，至今仍為人津津樂道。

日本一個男人萬念俱灰，想燒炭自殺，在店中買炭買爐的同時，又見到秋刀魚特價，於是順便買了秋刀魚。臨死前，他炭燒了這些秋刀魚來吃，吃完之後突然覺得世間很美好，於是放棄自殺了。這個男人把這段經歷放上日本的論壇網站，真偽無從稽考，卻引起網民轉載，留言還被翻譯成不同語言流傳開去。

假設這是真的，這故事中的男人為什麼想死？一定是有很多問題纏繞著他，一時解決不了，工作失敗，愛情空白，家庭疏離，前路幽暗不明，境況十分惡劣；也可能是抑鬱病發，就是不想呼吸了，再親的人也無可奈何。秋刀魚不是貴價魚，肉腥、多骨，未必是識食之人的首選。不過這條秋刀魚卻把他從死亡的懸崖邊拯救他回來了。

之後很多網友回應，戲仿了一些情節，如何在心灰意冷之後，看到人生曙光：

「想去死，脫光了衣服，因為很冷又穿上了衣服，感覺人生很溫暖。」

「想死去買繩，豈料見到有小孩跌落河，用繩救了他。被感謝的感覺不錯。」

「爬上屋頂尋死，剛好是夕陽把世界染得通紅的時間，覺得世界真的很美。」

就是這麼的一回事。生活再糟，命運再壞，也不及一剎那的確幸。或者我們不該責難別人的悲觀，更無權借地球上其他人的悲慘，去棒喝眼前的人糟蹋人生。這樣說便宜而無效；因為人生經驗難以比較，主觀感受不能量化，樂觀積極無從複製。不過如果還有可以理智思考，人生雖然總是徒勞無功，夢想總是無法實踐，甚至一切一直信奉的價值都好像正解體和崩壞；但只要時間在流，下一秒都有可能出現希望。

就算你覺得毫無希望，但我可以肯定，時間一定會在前面安排了些小驚喜：

小孩子突然拋到你腳邊的靴炮；街角很平但很熱的雞蛋仔；搭港鐵時候嬰兒車中一個BB向你露微笑；在你眼前飄過的一個肥皂泡；有一隻蝴蝶迎風而來飛到你膊頭上，又蹁躚地飛走了。哪怕就是一彈指、一須臾、一剎那，它雖然可以在你眼前瞬間溜走，卻可以被心靈捕獲，像靈感、像恩典、像智慧，你可以永遠收藏起來，隨時享用。

真的不想再聽到有朋友、朋友的朋友或陌生的網民要尋死，同為香港人的我會覺得哀傷。我甚至不敢叫人堅強活下去，只想說：「唔好死」。儘管明天不一定光明，但不死才會有明天。

鄭國江寫的一首老歌歌詞：「願望就是明天，世態變化萬千。」讓失望留在當下，願望就是明天。

正能量大合唱

創作也好、平時跟人聊天也好，常常會應用諸如「夢想」、「樂觀」、「積極」、「正面」、「正能量」等詞語。不用多解釋，拼湊在一起就會出現一種感覺。做公關宣傳的時候格外有用，而且很安全，沒什麼爭拗。

我有時也會提到這些概念。如果給我多一點時間，我希望可以把這些用語說深入一點，不想用得太膚淺。

家長都想小朋友接觸「美好」的事物，所以看戲時選片務必青春勵志，聽歌時選曲應該開心快樂，小朋友還小，可以理解。但是到了中學，教師、社工、家長仍然希望年輕人只接觸外表「樂觀」、「正能量」的東西，我就會建議他們改一改這個想法。無數次，有成人走過來跟我講：社會太多怨氣，現在的電影都是警匪、黑社會、埕埕塔塔，可否多拍一些「正能量」的電影給年輕人看吧……每次我都費盡唇舌給他們解釋：「警匪」、「黑社會」、「愛情」都只是題材，內容和觀念都可以很正面，表面好青春很勵志，意識卻可以很迂腐、教壞人。

創作和這個世界其實一樣，不是非黑即白。扭開電視，你每天都看到有人講一些違背良心的說話，說謊說到自圓其說都有困難，他仍然堅持說是為香港好，為香港的下一代好，其實他只為自己利益著想，為他自己的子女著想。不知由什麼時候開始，部分香港人失去了剖析事物的能力、一種想像力，只是著眼至到月尾，無法想像未來。

何謂想像未來？不是只懂歌頌「正能量」、滿懷「希望」，一廂情願覺得「明天會更好」。我們其中一代人給八十年代的「大合唱」歌曲洗腦，以為地球真的會合唱、明天一定會更好。真正的想像未來，除了「仍然要相信這裏會有希望」之外，還要懂得悲觀，設想「明天會更壞」，不是盲目地覺得會變壞，而是看清一直令我們美好的條件，是否正在逐一消失、逐一被奪去？歷史上有沒有例子可循？現在我們走的是否一條正路？如果是一條死路，就算我們「團結一致」、「充滿希望」、「牽手同行」、「無懼風雨」、「勇往直前」，前面等著我們的，仍然是一條死路，勇往直前會死得更快。

再壞一點，就是有人用「正能量」去掩飾和迴避問題。一有人提出異見，設想「明天可能更壞」，就是負能量，年輕人要避免這種思想云云。如果覺得我一直努力工作，得到今天成果，他朝必定安穩就是正能量，最有正能量的，應該是一直被迫耕田的牛，或者被圈養待宰的豬。

生涯不能規劃

教育局局長率先引用防止自殺委員會報告，指大專生自殺源於選科時沒有做好「生涯規劃」。

我自私地寄望是教育局局長其實尚未消化好報告內容，否則我不得不擔心學生在重重功課、考核、升學三樣石頭下，無端端還要加多一瓣壓力在他們頭上，名字叫做「生涯規劃」。

我第一次接觸「生涯」這詞語，來自《莊子》：「吾生也有涯，而知也無涯，以有涯隨無涯，殆矣。」意謂你要用苦短人生，去追逐無窮無盡的知識，其實十分危險。我相信局長，及那一代朋友讀書的時候，學校最多只有「升學輔導」，才沒有什麼「生涯規劃」，結局他還是當上了月入幾十萬，還可以放假優哉游哉地去日本賞紅葉、食放題，和制服學生傾偈的局長，他中四時候應該沒有「規劃」過吧。

我預計，教育局將來想搞的，極其量是「生計規劃」，即是鋪路搵食，讀咩科將來搵幾錢一個月，「一帶一路」有冇筍工畀你做等等，絕不會是「生命規劃」。因為生命的價值，不是數值，用計數機是計不到的。

退一步說，由大人的思維去插手下一代的「生計規劃」其實也十分危險。下一代投身及面對社會的時候，上一代已賺夠退休，可能還會移民美加澳紐嘆世界，他們現在才不會知道也不理會二十年後的香港會變成怎樣。正如在九十年代，家長都說工商管理是黃金科目，怎料現在一個 trainee 的起薪點比建築工人低得多呢？

如果真要認真地讓學生做「生涯規劃」，除非他們是不懂反問的填鴨，否則他們不可能不思考自身處境、社會現實、香港未來，那些連大人都快要不敢直視的問題。除非他們有傑青一樣鋼鐵的意志，倫敦金及股票的灌溉，還可以不吃不喝不娛樂不交朋友，否則怎麼趕上光速飆升的樓價呢？連容身之所都堪憂，還有什麼好規劃？結論一定是莊子也想不到的：「吾生也有涯，以有涯隨樓價之無涯，只有一世在捱，殆矣。」

學童輕生原因繁多，不是一個報告可以總括的，單是日以繼夜夜以繼日的功課已是痛苦之源。如果再加上用上一代萬眾一心穿膠花的廠佬買辦思維（有人叫佢做獅子山精神），或者用傑青新一代的成功買樓方程式去教育下一代，而漠視學生千差萬別的思想和理想，我建議還是不要規劃好了。少給一點功課，還學生一些時間揮霍，尋找自己的樂趣，創造青春的回憶，等他們重複刻板工作的時候，都有些東西可以緬懷回味吧。

I Have a Dream

看過很多同學創作的故事，「夢想」是常見主題之一。最典型的思路是：主角有一個夢想，十居其九都是和體藝相關，例如做歌手、做dancer、成為足球員之類，然後遇上父母或老師反對，然後堅持下去，最後得到體諒或支持作結。

首先我會認同同學對「追夢」的執著。不過寫故事的同學很多並沒有涉獵音樂、舞蹈、運動，只是一想起「夢想」兩個字就會很自然向那個領域去想，而且都直接將夢想等同成為職業，可能因為坊間太多同類思維的作品。

如何在這題材上有所突破？我有以下幾個建議。

第一個建議：可以寫自己真真正正的那個夢想啦，例如讀電影的夢想當然就是「拍電影」；或者可以去查探一下別人有什麼夢想，世界之大，會有意想不到的發現。

有人的夢想是帶自己患癌病的家人搭一次飛機；有人是聯繫食肆發起「待用便當」

去幫助溫飽不得的人，有人是想去推廣 cosplay 文化……這些夢想如果用來做故事背景，會有多一些獨特的情節和畫面。

第二個建議：一定要逆向思考。當人人心底裏都覺得追夢可貴，無可辯駁的時候，要想更多有力的理由去反對：「夢想其實是微不足道的。」再因應這些理由設置障礙，讓你的主角去面對。

古往今來，最可歌可泣的夢想都是「雖千萬人，吾往矣」。但千萬不要忽略上一句：「自反而縮」。反覆思量，判定自己要做的事真是理直氣壯，正因為理直氣壯，所以面對千軍萬馬，才不會中途質疑自己，打退堂鼓。

人人都記得「黑人民權之父」馬丁路德金《我有一個夢》的演說，但很少人會記得他那個「夢」的具體內容：「我夢想國家會崛起，真正實現國家信條：真理不言而喻，人人生而平等」、「我四個孩子將來在一個以品格而不是膚色去評價別人的國家生活」。現在看來是「阿媽都是女人」的道理，曾幾何時是少數人窮一生精力去說服別人接受的目標。

個人的力量相當渺小，渺小到不斷要有人靠神話、小說、電影來說服我們：個人力量可移山填海，力抗歌利亞。但現實就是我們不斷遇上挫折、失敗和背叛，甚至要為夢想賠上青春、前途和幸福。人一世、物一世，如果這麼容易就可以放棄，其實是印證夢想真是微不足道，戲中主角是自作多情。

第三個建議：夢想要關於別人，多過關於自己。

如果你想做的事是關乎別人的幸福，四方八面會更加緊張主角的成敗。或有更多同道中人願意伸出援手去幫助主角。主角才配得上成為故事真正的 hero。

第四章

哪套戲要你看過百次

看見香港

二〇一五年《狂舞派》獲提名台灣金馬獎「最佳女主角」及「最佳動作設計」，我以監製身份出席了頒獎典禮。全晚最令我感動的一個獎項，並不是影帝影后等主要獎項，而是「最佳紀錄片」。

首先提名作品主題全都是令人動容的台灣故事，《邊城啟示錄》講述一九四九年後被蔣介石遺棄在泰北邊境、無家可歸的國軍；《餘生——賽德克巴萊》記載「霧社事件」八十年後幸存者重新檢視這段血淚史；《拔一條河》透過一隊小學生拔河隊去透視二〇〇九年大水災後某村居民的生活；光看提名片段，有歷史、有鄉土、有血有淚。而最終得獎的，是打破了台灣紀錄片票房紀錄的《看見台灣》。導演齊柏林上台領獎時說：「（拍這片）最主要的目的是希望，大家透過這樣的影像，認識我們的土地，關懷我們的家園。」那麼的簡單直接。

看完這九十分鐘的電影，我看到一個我或很多香港人都從未見過的台灣，從幾萬呎高空逐吋欣賞台灣的山林河川。老實說，我不相信所有台灣人都很喜歡買票入戲院看紀錄片，總有一些人會像香港人一樣說：「睇紀錄片，不如開電視睇 Discovery Channel，做乜要特登畀錢睇？」但事實上是，這部片收二億元新台幣，打破台灣紀錄片的票房紀錄。

要說這部片為什麼空前成功？如果我說非關台灣本土意識，未免虛偽；若說導演在消費「愛台灣」的情懷來吸引觀眾，則流於陰謀俗套。事實上，片中講述水泥貿易如何破壞台灣生態、不法商人如何為了賺錢出賣台灣天然資源、建造商為了覓地建屋如何破山伐林等，在在反映現今任何一個地少人多的國家／城市的真實現況。人類發展和保護環境之巨大矛盾——這個永恆命題，由小小的台灣開始說起，惹人深思。

愈來愈多香港人喜歡台灣，羨慕台灣人的文化氛圍，愛上台灣人的民主空氣；不過請不要忘記，其實台灣也有貪婪的地產商，也有出賣本土的政客，也有自大狂妄的政府官員。和香港不同的是，無數的台灣人曾為這片土地的自由和正義犧牲過青春、前途，甚至為保衛家園付出過生命，而不是見勢色不對，立即打著算盤，計劃舉家逃走的。

一句說話激嬲電影工作者

網上流行過「一句說話激嬲某某」遊戲，就是一人想一句可以令某某族群一聽就怒火中燒的說話，使得網民發揮無限創意。當中最受「歡迎」的族群，一定就是一眾創意工業的從業員了，計有設計師、攝影師、樂隊成員、舞蹈員等。

我看到幾個「一句說話激嬲設計師」系列，來自中國內地、台灣、香港、澳門都有，例如：

「我哋公司有好多job，可以長期合作，不過今次冇乜budget，可唔可以免費？」

「這次是慈善活動，會有很多客戶見到你的設計，是個很好的機會，不收費可以嗎？」

「黑色可唔可以深啲、白色可唔可以淺啲……」

「你只係揼幾個掣啫？可唔可以喺一小時內搞掂？」

「個稿幾好，不過有少少嘢想改……（下刪五百字）」

大概是華人世界的設計師都面對類似狀況，工資低、被公關公司壓價、被要求免費工作、被無甚美感及設計常識的客戶指揮等等。設計師將平時日積月累的怨氣化為幽默，令人忍俊不禁。

如果你就是公關大員、老闆，有則改之、無則加勉，設計師好歹也一樣要花好幾年時間學習，和你我一樣，每個月要供樓交租、每天也要食飯搭車……

至於作為一個電影人，其實我也聽過不少讓人煩惱的話，雖然不至於被惹怒，不過也可聊列幾句，供各位參考，好等你們下次認識導演、監製、編劇的時候，不會說錯話給人側目也不知道：

「你是做導演的，一定認識很多美女吧？」

「你是做編劇的，你一定要聽聽我和女友的故事，把它寫成劇本，拍成電影吧！」

「你是做監製的……慢著，其實電影監製到底是做什麼的？要不要食牛歡喜？和驢仔玩？」

「現在都沒什麼人看港產片，你怎樣維持生計？」

「你是做電影的，好厲害，不過坦白說，我平常都不看香港電影，我只看西片，我覺得港產片不值得到戲院看。」

「我錯過了看你上一部電影，請問有沒有串流的傳送門？」

其實，世界這麼大，職業這麼多，我們每個人，或多或少對別人的職業，尤其是一些不常見的工作，有遐想、幻想，甚至妄想。遇上對電影行業有問題的朋友，我大概會抱著交流的心情，包容別人的偏見，慢慢解釋。因為我也試過遇著一些很特別的職業，譬如偵探、魔術師、法醫、遺傳學家，滔滔不絕地向他們發問，也許亦曾經被人討厭也說不定。

這是人本來的好奇心和求知欲，如果沒有人關心自己行業做什麼才覺得可惜吧。

《點五步》

當聽到有人要用二百萬元拍一部商業電影，即是製作費要比拍攝《狂舞派》時少一半；電影還要以香港三十年前做時代背景，我第一反應和很多業內的電影人一樣：「不可能吧！」

《點五步》拍的是一個不折不扣的香港故事。八十年代香港經濟起飛，但貧富懸殊問題仍在。有人住大屋揸靚車，但有更多人住在屋邨。現今香港幾多英雄豪傑，出身於密密麻麻的屋邨單位之中。當時，基覺小學校長盧光輝成立全港第一隊華人少年棒球隊，並以沙田區最常見的燕子來命名，是為「沙燕隊」。計劃還得到當時擔任沙田區政務專員的曾蔭權籌錢支持。由零開始到少年棒球聯盟公開賽中打贏日本隊，成為一時佳話。這段歷史其實早已塵封，留在這裏的，只有一條大多數人都不知就裏的「沙燕橋」，佇立在城門河兩岸之間。

可幸有香港電影人，還要是當時應該還未出世的年輕人，把這段往事改編成電影，沙燕的事蹟才能重現在大家視線範圍之內。

香港電影工業曾經叱咤一時，但今時今日製作費卻每況愈下、日益見少，其實並不是一件值得拿出來自豪的事。姑勿論原因，現在拍攝純以香港市場為目標的電影製作費一定很低。在商言商，投資者也不能一直做賠本生意，所以很多香港的電影製作人轉而拍合拍片，在重重限制之下馳騁創作的天馬，本來就是在展現香港人的打不死精神。但現實就是內地大多數觀眾未必對香港本土故事感到興趣。

看看外國的電影，多的是改編人物傳記、都市傳奇、歷史事件，甚至一件不起眼的新聞檔案，每一件事都有份建構一個文化區的集體意識和記憶。舉一個簡單例子，香港近年有很多感人故事，或備受尊敬的人物，譬如為港捐軀的警察、消防員、醫護人員，但以他們為題材而創作的影視作品，卻如鳳毛麟角，少之又少。

關鍵除了是香港電影的質素外，還有觀眾的選擇。很多人把《點五步》比喻做香港版的 *KANO*（一套台灣製作的棒球題材電影），但其實兩者的製作費是差天共地，不可比擬。我不會為「濫造」的電影辯護，但我要為有誠意但製作困難的「粗製」電影說一句公道說話。

可幸的是《點五步》並不粗，相反還下了心思。如果想鼓勵更多香港新一代拍攝香港故事，希望愈來愈多觀眾明白，製作成本和質素不一定有關係；大明星、大場面、美輪美奐的美術和華麗壯觀的電腦特技，也不保證電影一定好看。

《點五步》上畫前一年很多本土電影出師不利，雖然其質素並不比西片遜色。《點五步》實現了另一個香港電影夢，說是延續《狂舞派》精神也當之無愧。

哥斯拉的國民教育

由一九五四年第一套《哥斯拉》電影開始，這隻無惡不作的大怪獸被不斷複製、詮釋、再造，最終成為日本文化中最家喻戶曉的圖騰之一。

二〇一六年新版電影《真・哥斯拉》，由經典動畫《新世紀福音戰士》的庵野秀明導演。雖然海外票房一般，在香港和台灣都未如理想，但在日本本土的票房就已經衝破二十億日圓。究其內外票房差天共地的原因，大概是華人熟悉怪獸電影的賣點，《真・哥斯拉》都一一欠奉吧。

機械人打怪獸，沒有。一人英雄拯救世界，沒有。猛男救美慈父救子，沒有。大逃亡的賓虛場面，沒有。災難中的人性衝突，沒有。甚至連亂世中愛情、親情、友情的感動，統統都沒有。這些傳統災難片的衝突，都不會在這電影中看到。不過《真・哥斯拉》卻是我看過的哥斯拉電影中，最驚心動魄的一部。條件是，你要聯想日本社會的現狀來觀看。

電影很多時間描述日本政府內閣及軍隊不停開會開會開會，卻白白任由怪獸的危機愈演愈烈，終致不可收拾，瀕臨亡國滅族的邊緣。首先，觀眾會見到電影將日本整個建制，由首相開始，到防衛省、自衛隊、外交部、各級行政官僚、大學教授全部都恥笑一遍；明明當中可能不乏有能之士，在僵化的制度下都變得無能反智。

然後，觀眾會被告知一連串日本這個國家殘酷赤裸的真實（同不同意又是另一回事），有些甚至在對白中直接說出來，而毫無流於說教的違和感：

一、日本由二戰開始直至目前，都是美國的附庸國。

二、民主代價就是缺乏效率互相卸責。

三、自衛隊受和平憲法束縛，不能解決日本即時的危機。

四、社會論資排輩埋沒真正人才，令無能者當道。

五、二戰時日本就是對戰事盲目樂觀，自招戰敗惡果（不是反省戰爭的緣起）。

六、一旦有災難發生，日本要靠全世界的同情才有望復興。

七、聯合國是日本無力左右的一個組織。

八、毋忘美國是可敬的盟友，也是可怕的敵人。

九、日本根本不能主宰自己的命運。

所謂國民教育，或愛國主義教育，無論你喜不喜歡，它是無處不在，各國皆有。先不去討論目標的善惡正邪，方法卻有優劣高低。我肯定將愛國當教條念念有詞說一萬遍，只會帶來反效果。一個人又好，一個國家又好，要對方誠心愛上，倒不如先將自己的缺點，先坦白承認，再尋求體諒和進步。

《真・哥斯拉》最重要的一句對白：「這個國家還是有希望的。」

港產片的本土與商業

看到一個影評，說某一部電影有標籤精神病人的問題。之前在另一部荷里活驚慄片之上都出現類似的批評。

首先，自由評論應該和電影創作一樣無邊無際，用什麼角度和觀點其實都無問題。大眾因為電影而關注弱勢社群，都是好事。不過，不同編導對於電影的想法都不一樣，有些人拍戲會有一份人文關懷，有些人只想拍出精彩的娛樂片，很難用同一把尺去量度。不過大部分人都會創作先行，未必要人物完全合乎社會現實。有電影在建構弱勢人物角色的時候，為了讓劇情簡潔，讓觀眾容易明白，要完全卸下任何所謂「刻板印象」談何容易。寫過商業片劇本的朋友應該會明白。

有個論壇，外籍影評人認為近年香港電影太過「本土導向」，海外的觀眾未必看得明白。相反，以前港產片間中有政治訊息，但是表面上都是類型片或娛樂片。海外觀眾不理解政治含意都會樂在其中。

港產片海外市場的流失，其中一個主因是亞太區各國都積極發展自己的電影工業，人家觀眾都一樣想看自己的本土故事。

港產片要和人家競爭，製作水平的要求只會愈來愈高，而製作水平就和金錢及人才掛鈎。直至現在，香港人仍然比很多地區擅拍商業片，不過限於製作成本，純粹依靠香港市場根本難以拍出大量在國際市場有競爭力的商業片。

不過這個現況不能夠完全怪罪港產片的「本土導向」。拍戲、講故事，最自然都一定要扎根本土文化，在地找尋靈感。不用我多說，大家都見識過一些刻意用大場面、大卡士，想吸引全球觀眾的電影，但內容、劇本、人物空洞無物，正正因為刻意迴避任何本土元素所致。

即使是橫掃全球的荷里活商業片，其實處處流露美國的本土元素，並沒有因為針對世界市場而犧牲掉，相反令觀眾更加了解美國文化。所以，要做到富有商業片的魅力，以及同時反映本土文化，兩者其實並沒有矛盾。香港相對其他市場資金尚算充裕，希望電影人把握機會拍好電影。

香港電影這些年來，總有看淡的「蕭若元派」，和不服輸的「游學修派」，作為創作人，根本沒有選擇，我們就是實踐一派，無論港產片會不會回復當年之勇，一樣繼續創作。如果不服氣，請一起爭氣。

谷阿莫事件

谷阿莫被片商控告侵權事件，其實有助我們思考如何平衡版權持有人、二次創作人，和廣大網民之間的權益，特別是針對「影音作品」和「視像遊戲作品」的使用界線上。

版權持有人這邊，一定覺得只要你的「二次創作」是採用了原作素材（pre-existing materials），就應該先得到版權持有人同意，甚至要付費才可以使用。但是網民一方會覺得，很多二次創作應該有非常寬鬆的公平使用（fair use）保障，才可以再談更嚴謹的版權條例，爭論不休。

不過我一定贊成修例與否，都要先做好版權宣導的工作。到目前為止，很多網民仍然搞不清楚「衍生作品」、「抄襲」等的概念。

譬如網民經常用港片疑似「抄襲」西片橋段來類比網民的「衍生作品」，兩者就已經有很大區別。前者是將人家概念重組、複製、改編，而後者是使用了原來版權持有人的素材，風馬牛不相及的兩回事，但是就連谷阿莫曾經拍的自辯片段，都混在一起談。

他說：*Inception* 的夢中夢概念被翻拍很多次，這些二創應該保障，這是沒錯的。但如果有人將 *Inception* 的電影片段抽取出來放在自己的電影裏上映，你猜 Christopher Nolan 會不會告上法庭？

網民不妨思考，以下情況的二次創作，應不應該受到保障，讓版權持有人和業界參考：

一、把古天樂在不同電影裏說過的對白連畫面，逐粒字剪出來，拼湊「唱」出吳若希的《越難越愛》（曾經就有人用特首的新聞片段剪成唱歌）；

二、製作跟谷阿莫一樣的「X分鐘看完某部電影系列」，但是不用電影片段，而用上電影中的截圖；

三、把所有《多啦A夢》原片重新配音，用來評論和惡搞香港每日發生的新聞。

版權持有人一定覺得全部都不可以，最多都是 case by case 去談，不肯一刀切說某種情況一定合法，網民就一定想要自己戲仿和娛樂的空間，無邊無際，不要令自己活在隨時犯法的利刀之下。相信這條鴻溝都不容易跨越過去。

希望大家都為大局想想：現時香港電影，如果沒有內地市場，就只剩香港戲院票房，和若干電視台的版權費收入。本地網絡版權其實收益有限。如果可以修例杜絕漏洞，讓港產片在網上付費收看的文化成熟，對香港人，特別是年輕人的創作空間很有幫助。因為更稀罕網上收益的，是中小型成本的港產片，而不是已經有中國內地甚至國際市場的合拍大片。

話影評

幾年前去一個首映，遇見一位不相識的知名導演和一位資深的製片朋友。那位朋友將我介紹給導演認識的時候說：「陳心遙是監製和編劇，偶然會在報章上寫影評。」我一下子錯愕了，急忙辯解：「我沒什麼資格寫影評，只是偶然寫一點對電影的感受而已。」自此之後，我盡量都不想用整個專欄的篇幅講一部正在上映的電影，破碎的感受就留在社交媒體上發表，就是怕有人誤會我在「寫影評」。因為「影評」二字，在我字典中是一個嚴肅的詞語。

誠心佩服一些影評人，真的博覽群戲，而且涉獵各種電影理論和歷史，縱然他們未必很熟悉電影製作。當看見他們的影評旁徵博引，就算他們有時會有丁點主觀偏執，都是賞心樂事。

但是社交媒體發達，人人都有一支筆和一張嘴，只要你有心機和時間，都可以寫你自己的評論；只要量夠多，都會受到電影公司關注。不過讀者和網民，有時未必垂青嚴肅的影評，而更加愛明刀明槍、愛恨分明的文字，逗笑催淚、激情先行。兩種文風同時放在報章網媒之時，認真的影評往往比較不吸引。

真正嚴肅認真、不受人情和民情左右的評論，會帶領行業進步，就算平民大眾不多看，但看了的人會對作品有深一層的藝術見解，認識了另一層次的學術討論；整體觀影水平進步，商業作品的質素都會漸漸一併提高。

我們的問題是不論電影、電視、舞台藝術，甚至是飲食、旅行，都缺乏嚴肅而專業的本地媒體做編採區隔，做質素過濾；市場上站得住的，都是綜合的傳媒，不會有專人公正無私地審視某一個場域的評論，區分哪一些適合向社會發布，哪一些會推動行業進步。

作為電影創作人，我珍視每一段影評，無論褒貶。即使是謾罵，我都會思考被謾罵的理由，永遠可以做我創作下一部電影的依據。坊間有幾位影評人，對於我團隊之前製作的電影有頗深刻的批評，嚴厲程度甚至會有朋友替我們不值。我覺得影評反映影評人心底裏對電影的理想，至少會給我從未有過的角度去反思。所以無論字面上有多令人難以接受，我都會用最大的耐性去面對。

所以，大家要勇於批評，但同時寬容以對，無論是對電影，還是影評。因為大家其實都不是壞人，心底都是希望港產片變得更好。做創作的看到評論，有則改之，無則加勉。寫評論的，希望可以學習更多，或者試著理解香港製作的獨特難處。香港電影會在對話之中成長。

坎坷電影

有朋友在網上搞了一次名為「坎坷影展」的活動，活動Logo惡搞「康城影展」，到處邀請「半紅不黑」、「黑過但當紅」，或者一直「在黑未紅過」的各界電影人錄片宣傳。本來只限於網上，最後連主流媒體都在報道。不知就裏的朋友以為：這是一群失意的電影人怨天怨地圍爐取暖，但實情是無論是主辦人，或者是客串拍片的演員，全部都是幕前幕後，默默耕耘的「影像農夫」。他們拍過一些為糊口為生的廣告，又拍過不少出色的獨立作品，只不過傳媒的鎂光燈總是照不到他們而已。

一直有兩種論調：第一種，電影就是電影，觀眾只看成果，不理你背後有多辛酸，付出有多大，成本有多低，市場或內地審批有幾多掣肘，好片就是好片，爛片就是爛片，一切都是「戲院見」，票房論英雄。另一種，就是希望香港觀眾多關注和支持香港電影的現實情況，體諒荷里活大片和港產片在製作規模上的差異。很多港片迷都屬於這一種。很多電影人就傾向第一種，原因是深明每一代電影人都有自己世代的問題：製作期緊迫、明星掛帥甚至影響創作、盜版猖獗、觀眾口味單一，每個年代都有幾個難題，每一代電影人的使命都是在有限條件下做出最好的作品。雖然結局總是良莠不齊，未如人意，都至少是盡力而為。

二〇一七年有兩部差不多時間上映的電影：《今晚打喪屍》和《明月幾時有》。一部是低成本一定沒有內地市場的戲，一部是成本逾億的中港合拍大片。觀眾看戲之餘，不妨留意一下幕後的故事。拍一部很少投資的戲，我們要妥協，缺錢缺時間，連美術化妝臨演都不夠錢要節儉，不過就有本土題材和口味。拍一部投資龐大的戲，作為演員你要遷就另一個市場，但你就有空間和本錢去雕琢細節，去追求宏偉，真是家家有求。

但是我相信兩部電影背後都有坎坷的過程，因為拍電影和追逐其他遠大夢想一樣，不會是一件順風順水的事。又正因為拍戲和很多人的人生一樣經歷痛苦和艱辛，所以又不一定要拿出來博取同情和體諒。

不過電影和其他夢想不一樣，就是電影盛載社會上他人的夢想，可以反映他人的悲歡離合，可以歌頌對世界有貢獻的小人物，又可以安撫大時代的種種傷口……

再坎坷都好，至少目前為止我們還有空間去寫、去拍。何況所有故事的本質，就是關於「衝突」，關於「生活逼人」，「為勢所迫」。所以，「坎坷」就是電影呀。

《香港製造》二十年

一九九七年平地一聲雷的電影《香港製造》，當年令導演陳果同時拿到「香港電影金像獎」及「金馬獎」的「最佳導演」。

時隔二十年之後，我在電影院重看這部作品，真切感受香港二十年來的轉變。今天的街道、天橋、商鋪、廉租屋邨，甚至便利店，對比當年的影像，可說是煥然一新，或者叫面目全非。以屋邨為例，純粹用整潔和觀感，可能現在會比當年企理，管理比較完善，但又少了一種說不出的質感和特色，是錯覺，還是城市設計太單一呢？

電影裏面的三個主角，都是城市中茫然若失的青年：一個智力障礙的、一個絕症無助的、一個行古惑的，都是不約而同無法和主流世界「接軌」的人。即使外面歌舞昇平，人人生活忙碌，條條街車水馬龍，他們玩得最開心的時候，卻是人跡罕至的墳場，走走跳跳，打打鬧鬧，因為這個地方，不會再有成人的「關顧」和「注視」。

飾演中秋的主角李燦森，當時只是一個無人認識的青年，被導演發掘轉而走上演員這條人生路。電影中，他是真正遊走邊緣的人，行古惑又心懷正義感，這是香港電影小人物的標準原型。他先後被父母遺棄，對成人世界有一套自己的眼光：「成人的世界很複雜……有時我覺得成人一有事發生就會躲藏、會逃跑，真是他媽的沒用……我老爸包二奶，對他來說是『Take Two』；我老媽逃跑，也是『Take Two』，『生命冇 Take Two』，這種說話，只不過是嚇人的藉口，我好討厭那些成人一邊來教你，另一邊又在害你。」

以前，青年的問題是因為人生漫無目的，讀書不成，很容易變成所謂「誤入歧途」，成為黑社會引誘入犯罪世界的目標。今時今日，青年的未來都預設在讀書、考試這條路徑上，不容易行歪路，但

就衍生另一種問題：目標太單一，沒有其他可能性。不過二十年間兩批青年的共同想法是：覺得這個社會沒有希望，自己沒有前途，以及對成人毫不信任。

希望現在的少年們可以直視當代的困境，迎難而上去做自己做的事。

不相信大人不要緊，但一定不可以不相信自己；要相信自己可以闖出一片新天地。

原音版定係配音版

幫動畫粵語版配音，是一件有趣而富挑戰性的事。就算是粵語轉做國語配音，都是一個語言和文化轉譯的過程，英語和粵語的語境、語意差別更大，所以做起上來需要更多技巧。不過，相對實拍的電影電視劇，做動畫配音又更容易掌握；口形上的對應、空間的距離感、語氣節奏等都有更多彈性。動畫原本就是一個虛構世界，因此配音較容易做到有說服力。

我身邊不少朋友都覺得：看動畫片要看原音，覺得最原汁原味，覺得配音會很奇怪，會破壞原有的氣氛和感覺。另一方面，有家長潛意識會覺得給小朋友聽英文原音會國際化一些，而且有助英文進步，寓娛樂於學習。

這些想法也沒錯。不過環顧全世界，入口的動畫片大多會配上當地的語言，再上大銀幕播放；而且即使有原音版和配音版選擇，大部分人都會傾向看配音版。我近年入戲院看動畫，都會選粵語配音版來看，因為我明白這個配音翻譯過程，其實就是本土語言文化的一部分。

全世界不是每一個地方都好像香港般幸運，地少人多，卻有自己獨立的流行文化工業，製作自己語言的電影、電視、音樂、話劇等，形成自己的體系和傳統之餘還要傳揚海外。今時今日香港人還說粵語，除了因為當年政府暗中鼓勵之外，都要歸功影視業的騰飛。現在各樣流行文化都有凋零的憂慮，至少扭開電視，就算是外購節目，還是粵語配音播放。我們尚可用母語吸收和思考世界的知識和文化。

以我曾經做配音導演的法國動畫《天使愛芭蕾》為例，當中有一些芭蕾舞的專業用語，還要是法文，處理時我會非常小心謹慎，問過芭

蕾舞者的意見之後，再選擇最常用、最合適的粵語翻譯。小朋友看了，將來接觸這些文化的時候，更容易理解，不會全盤只用英文或普通話去認知。

這部動畫設定以十九世紀末的巴黎做時代背景，情節有不少搞笑輕鬆成分，翻譯要做到信、達、雅這些傳統要求的同時，又要做到貼近香港粵語的表意傳統，可說是一次富挑戰性的創作旅程。

香港配音界一直人才輩出。由於日本的風氣，愈來愈多人留意香港的聲優。總要有香港人的支持、愛惜和捍衛，粵語在香港才會有未來。

《天使愛芭蕾》

片商請我看試片，在一個小小的房間裏看不太大的銀幕，畫面的解像度亦不高。但是單單故事情節已經吸引了我，於是欣然答應擔任配音導演這個崗位。近年在香港上映的動畫，很多都涉及超現實情節，盡是擬人的小動物、機械人或玩具做主角的故事。難得有一部用真實世界做背景，我亦樂於為一部高質素的歐洲動畫加工做一個粵語配音版，讓香港的小孩子不用會聽英文或追字幕就可以欣賞這電影。

講起時代背景，有趣的地方是選了兩座舉世聞名建築物的時空交匯點：巴黎鐵塔和自由神像。十九世紀末，居斯塔夫艾菲爾負責設計和建造巴黎鐵塔，《天使愛芭蕾》的男主角域陀，就是誤打誤撞去了這個設計師的工作室做雜工，從而開展他做發明家的夢想。

故事由兩個在孤兒院長大的少年開始，講述他們逃走到巴黎大都會。他們出身寒微又各自擁有一個本應和自己絕緣的理想：優雅高貴的芭蕾舞演員，以及地位尊崇的發明家工程師。原本小人物追大夢想的故事，可說是見怪不怪，但是放在今時今日，很多發達地區的青少年，都要面對發展機會不均，向上流動不能的社會現實，還要活在恐襲和疫症的陰影下；這部電影選擇了興建這兩座象徵歐美兩大洲自由價值的建築物建造時期來做時代背景，就特別富有含蓄的意義。

有興趣的觀眾，除了看故事之外，記得留意電影中，重現十九世紀末巴黎繁華熱鬧的城市景色，以及巴黎歌劇院金碧輝煌的佈置，因為電影做了充足的資料搜集，找回很多幾近失傳的圖則和相片，再精心重畫而成。

另外，大部分的芭蕾舞動作，都是由著名的芭蕾舞者先跳一次，再用電腦模擬技術，置入動畫人物身上；加上古典優美，或節奏強勁的音樂和歌曲。所有細節，和幕後付出的心機，要到戲院裏去欣賞才可以看得聽得清清楚楚。

因為該戲的宣傳，我又認識多了一些關於芭蕾舞的人和事，好像有一件舊聞，一位出生於西非塞拉里昂，因為戰亂失去親人的孤兒，克服了重重障礙，最後成為荷蘭國家芭蕾舞蹈團的成員。

首映禮當日，有人邀請了一位只是學了兩三年的芭蕾舞學生帶領六位小朋友表演。

不過這位學生，就算已屆六十九歲高齡，依然在台上信心十足，做出各種優雅的動作。謹用芭蕾舞世界再做例子——它又一次老套地提醒我們，無論什麼性別、年齡、種族，永遠不要放棄夢想。

《情謎梵高》

所謂「天地轉、光陰迫；一萬年太久，只爭朝夕」。這可能是很多人的想法，人生苦短，成名要早。但世上亦有另一類人，是「雖留身後名，一生亦枯槁」，好像愛倫坡、卡夫卡，逝世後才廣為人知的作家、藝術家、音樂家為數不少。梵高一定是其中最傳奇的一個。

《情謎梵高》由波蘭電影學院（PISF, Polski Instytut Sztuki Filmowej）出資，部分更透過網上眾籌集資拍攝。電影最吸引的地方當然是他背後的製作過程。首先電影是由一百多位畫家，模仿印象主義大師梵高的畫風，畫了六萬幾張畫組合而成，其次所有人的動作表情都是先由真實的演員穿上真正的戲服演出，之後才交到畫家手上去畫，所以無論是動作、表情都好像真人一樣細緻。光看這個過程，電影本身就是一件藝術作品。

有不少專家懷疑梵高並不是自殺身亡，而故事正是利用這個謎團做核心。梵高生前好友郵差魯連（Roulin）要他兒子阿曼（Armand），將遺書交到梵高的弟弟手上，展開了阿曼追尋梵高最後歲月事蹟的旅程，一步一步走入梵高死因的謎團當中。情節好像剝洋蔥一般引人入勝，你當作是一部推理電影來看都不為過。

當今只有梵高才有這個魅力，集合百多位藝術家，願意先放下自己的風格，去合作畫同一風格的畫，成就這部電影，正好成為梵高的地位歷久不衰的證據。對比電影情節，梵高根本未想過成就什麼偉大藝術事業，每天被人欺負和歧視，甚至不能夠好好地和藝術界活躍分子相處，一心只有畫畫，相信一切都是出於他自己的選擇，和命運的作弄。

曾經看到文章，原來有中學生會因為思想和立場，突然由優等生，被老師和同學聯手打為過街老鼠。如此以眾凌寡的所為，甚至可能已經被社會和主流人士默許。看完既心痛又無奈。無論你認不認同一個學生的想法也

好，正途永遠是教育、輔導，而不是聯手欺凌，借把他們邊緣化來殺一儆百。

如果你很不幸是社會上的少數，無論是學術上、藝術上，還是其他範疇，除了要不斷自省之外，還望你不要輕易被主流打沉。歷史上任何偉大的創新和變革，都是由少數，甚至是由一個人開始，就好像第一個認為地球是圓的人，會被定性為叛徒或者瘋子一樣。

梵高不知道自己是一位藝術革命家，在他一個人背著畫具，孤獨地走過麥田的時候；斜陽在他背後留下一個長長的身影。當時愚蠢的人和百多年後的我們，都只配跟在他身後，上下求索藝術的奧義。

請大家支持香港電影拍攝工作

常常聽到資深的電影前輩，眉飛色舞談起以往拍戲的靈活和機動，我就覺得很超現實。嘩，這樣拍戲會不會被人抓去坐牢，或者鬧出人命？得到的答案是：「沒有啦。」是不是以前香港連從事高危活動都有上天眷顧？我不知道。

無論如何，現在拍商業片的製作團隊都是非常小心謹慎。籌備階段，我每天看到製片部同事，每個都一手拿著電話，一手打著電郵，就是為了哀求不同的業主出租場地給我們拍戲，是租，不是借；不過成功率很低。做生意的店，是分秒必爭去賺錢交租金，就算肯租給你拍戲都只會是深宵時段，扣除他開店關店，你準備和收拾東西，實際上只有三數小時可以拍。

好了，室外又怎樣呢？香港不知從什麼時候開始，所有室外地方都是私人的，或者政府的，現在只要你拿腳架出來，基本上都是要審批和申請的。而且科技昌明，一抬頭就有不知多少個天眼監視。試過一大清早在一個無人的小公園暫放一部分戲服，不消十分鐘就有食環同事來查核有否申請。很多每天人來人往的街道，不知道為什麼是屬於商場的，每一個星期都有新的大型裝置廣告，從來沒有人敢投訴阻街。但你只要開機拍攝，或有人演戲的嫌疑，哪怕只是一部手機，總會有效率更高的保安員來制止你。

拿中低成本的商業製作來說，已經不容易，我們會花很多人力時間去處理申請。但獨立或沒有製作費的學生作品呢？基本上寫劇本的場景如果有港鐵範圍、大型商場範圍、私人屋苑範圍，都不用再想了，而且那「範圍」都非常大；商店、辦公室的話，除非你有親戚是老闆，都不用想。現在政府開辦那麼多課程教學生影視製作，希望培養更多人才去壯大「創意工業」；其實他們連在課堂裏學會的拿來實踐都有困難。我們城市已經忘記了張國榮語重心長那一句：「請大家支持香港電影拍攝工作。」

有一次，一群大學生在工廠大廈內拍攝關於盜竊的短片，被人懷疑是真犯罪而報警，還被警察搜出藏有玩具槍，鬧出很大風波。本來犯錯，是應該受公眾責備的。不過剛好我認識其中一位涉事同學，知道一些實情。話說當天，團隊其實只是安靜地在室內拍攝，因為怕騷擾到別人，又只有一個鏡頭要拍兩個人從門外闖入，於是沒有拉線沒有佈置燈光，就這樣被隔壁單位的人看到，然後報警。他們用的「槍」其實是兩支在女人街有售的「槍形塑膠打火機」，還特意放光了燃料才拍。他們有向大廈保安報備，但保安交更時候忘了向接班的交代。他們不是亂來，只是疏忽。希望所有鍾愛電影的學生朋友，都可以在安全的前提下，拍出他們心中美麗的香港。

《廣告牌殺人事件》

近年有機會看到編劇班同學的功課，題材上和結構上都想做到「創新」。題材上，常見時空穿梭、天界地獄、超能魔法、仙藥秘寶種種想法。畢竟這一代成長的朋友一直在看這類故事，這類電影已經成為現今商業電影的主流，可惜大部分同學都未能清晰而簡單地設定世界觀，讓故事難以令人信服。結構方面，當時很少人看過的《凶心人》現在被人捧為神作，部分同學的功課會刻意將時序打亂，大量插入非順序的flashbacks閃回片段。如果好像《情繫海邊之城》那樣流暢還算好；但如果肢解時間線，乃至和敘事、人物變化無關的話，只會徒然令故事費解，不是好事。

從小到大接觸過不少書籍談編劇，一談到結構，不外乎是講三幕格式，以及各方編劇理論家引伸自三幕格式的說法。早年被捧為十年難得一見好劇本的《廣告牌殺人事件》，姑勿論創作過程，出來的架構一樣是典型的三幕式。傳統故事需要具備的元素：一、主角的弱點；二、主角的失衡狀態；三、觸發事件；四、主角要實現的需求；五、障礙；六、對決；七、新的平衡點，一應俱全。開場畫面與終場畫面都是主角駕車駛過公路，但遙相呼應，由執著到寬恕、由孤獨到結伴、由沉鬱到開朗。故事探討仇恨這個主題。現今很多電影會將陳述（statement，有人稱為前設 premise）隱沒，或者刻意容許觀眾詮釋，或者壓根兒就沒有；但這部電影，編導是藉主角前夫那位無知可愛的十九歲女友的嘴巴，光明正大煞有介事地說出來：「憤怒衍生更大的憤怒！」（Anger begets greater anger!）至於主角的訴求，與其說要查出姦殺自己女兒 Angela 的真兇，不如說是她要將容忍兇徒逍遙法外的所有人，視同幫兇一樣打入地獄。主角經歷一連串歷程，最後憑自己的意志，得出放下仇恨的結論。與其去找出殺自己女兒的兇手，不如去追捕世上其他強姦犯，由執著自己怨恨到關心他人，被視為主角最強最大的轉變。

是故《廣告牌殺人事件》即使不是最好的劇本，應該可以被視為用來教學的最好示範劇本，因為不用太花功夫就可以解釋編寫故事的材料和做法，還未說它簡潔有力的對白和鏡頭設計。這電影值得包括我在內的各位學習編劇的朋友參考。

很多人寫故事的盲點是將簡單的東西愈弄愈複雜，可能是覺得主角不夠特別、情節不夠勁爆、結構太老套。不過，推陳出新的好電影一再證明，老不老套，從來不在大橋，重點在細節。

《戰雲密報》

二〇一八年有一部外語片叫《戰雲密報》。如果我未看故事簡介，但看到史提芬史匹堡、湯漢斯、梅麗史翠普這些響噹噹的名字，我一定會以為真的是「戰雲密布」的戰爭片或者科幻片。如果不是，就一定是「我的鬥氣冤家」一類的辦公室愛情大堆頭喜劇，海報會是「兩大影帝影后裝作拗手瓜作死敵模樣，男女背後各有五六位二三線串星打氣助陣」。電影世界，一線明星到五六十歲還拍戲，演這些最好，為什麼要拍這種又悶又嚴肅的題材呢？

好了，看完。雖然說電影是取材自美國七十年代初，關於「五角大樓洩密」的真實案件，但身為香港人的我，覺得劇情實在太無稽和荒謬，完全脫離現實：

一、作為一盤家族生意的大老闆，為什麼梅麗史翠普飾演的嘉芙蓮，每每要受這位總編輯湯漢斯的氣呢？總編輯不聽自己使喚，還低聲下氣請他吃午飯哀求他？總編輯不聽命令，即刻解僱他是常識吧！

二、然後爆了一個大新聞，為什麼白宮要手忙腳亂呢？總統不是三軍統帥來的嗎？正在打仗了？怎可以擾亂軍心，即刻出動 FBI、CIA 和特種部隊包圍《紐約時報》和《華盛頓郵報》的總部，依法搶走文件回來可以嗎？

三、還可以給他們告上最高法院，堅持要出版那些越戰內幕給公眾知道？那法院不是直屬美國共和黨的嗎？尼克遜為什麼不立即命令最高法院那些美籍法官，限報館十分鐘之內交出文件和交出洩密者，否則封館拘捕全部人呢？難道法院裏面又有外籍法官？不明白不明白……

四、法庭外面竟然有群眾起哄：「支持公眾知情權」？就算不立刻出防暴隊鎮壓，至少都應該有另一批群眾同時喊「打倒美奸肥婆嘉芙蓮」才算正常的呢。

五、第二日，竟然全國各地的報紙都跟進報道？這個簡直離地三萬呎。各報館不是應該昨日立即到處行動，找一單半單那一區爆水渠大塞車的猛料，或者半找半作一條城中名流或藝人的情色醜聞，放在 A1 頭條的嗎？為什麼要跟別人呢？沒有編輯自主嗎？

看完這部電影真是十萬個「黑人問號」，我推薦所有做傳媒的朋友或者讀新聞的學生都應該去看，當作一個反面教材。裏面所提到的絕對不是什麼新聞自由，出版不出版一單新聞，有傳媒自己的「採訪政策」，不需要跟你解釋的。這些才是新聞自由嘛。

最後hashtag「曲線不講明」。祝大家平安。

靚衫戲

很少去電影院看戲的觀眾，對電影的關注可能僅限於一年一度的電影頒獎禮之上，衣香鬢影，總之每一位穿靚衫走紅地氈，閃光燈閃呀閃，快門咔嚓咔嚓。事實是在拍戲的時候，攝製隊大部分人包括導演，無不衣著隨便，甚至衣衫襤褸，只為在銀幕上由無到有，造一個大夢給大家看。

不要小看電影中的美術和服裝，以為全部現成買回來放上去度身搭配就可以：靚衫是貴，爛衫就是cheap。舉例電影中的破爛look陳舊feel；有錢當然可以造到爛而精緻、舊而華麗，沒錢就更需要團隊多花幾倍時間、心機和創意弄好它。相反，很多電影的美術服裝用很多錢造得很艷很閃；惡紫劣金，俗不可耐，靚衫又如何呢？

有人說香港新一代一窩蜂去用弱勢群體做題材拍電影，資金唾手可得。我不敢否認有投資者只是看到商機，有觀眾只是想消費和獵奇。但是你或者不知道，這幾年的新導演新編劇，是會為了拍一部講援交的電影，真心真意和幾百位相關人士做採訪。為了寫一部不知最後開不開得成的「傻仔」戲的劇本（我只是回應別人評論），自己先做傻仔，沒有收入之下花兩三年做資料搜集，赤誠而赤裸地投入那個長期被香港主流忽視的暗角；甚至創作者或演出者本身，根本就屬於那個弱勢群體。難道大家以為閉門造車，憑導演才華和編劇技巧就可以拍到寫實貼地的電影？何況，電影就是電影，只要你喜歡就可以往道德高地或道德低窪處去創造你的世界，作者百花齊放，觀眾各取所需，市場決定存廢。貼地或離地，從來不是論斷電影的標準。

香港影壇有優點，票房不會造假，獎項不能造馬。你可以用宣傳伎倆哄人買票入場，賣本土賣悲情賣高地，不過你都賣不了很多次，觀眾最後都會用荷包來告訴你他們想看什麼。你可以拉關係創輿論造聲勢，催谷誰和誰去拿獎，但金像獎就是業內一人一票加會計師計數，沒有人或者領導人可以一錘定音；外界還有言論自由誰都可以隨時開帖作法，大讚或狂踩任何一部戲，你可以按 Like 按 Angry 也可以反駁反對反唇相稽，只是你不可以 delete 別人的評語。

最後我衷心希望評論人或創作人都不應該因評論或遭評論而受到人身攻擊。既然評「戲」要「以戲論戲」，那麼評「評論」都要「以理評理」。

至於有人說低成本拍關於弱勢群體的戲就等於「要錢有錢、要面有面、拍攝同放映處處開綠燈」。我只能夠說：我和很多電影界同業一定是活在另一個平行宇宙裏面的香港，還未清醒。

超現實世界觀

近年有賴美國超級英雄片的情節影響，大部分觀眾都接受超現實的故事情節。以往只存在於一部分中低成本片類型片，及日本動漫的千奇百怪情節，例如：超能力、時空穿梭（或者有人喜歡叫穿越）、多重宇宙都紛紛排山倒海湧現於觀眾眼前。潮流所向，亦可以從修編劇的學生所創作的題材反映得到。他們大概都對此等題材趨之若鶩：功課每每出現大量死神、天使、異獸、怪物、魔王、奇俠……還附上各種古靈精怪的設定。無論如何，求新的精神總是可嘉的。

但同學往往忽略一些重點。

首先是電影的獨特性。不少吸引人、超現實的世界觀都是來自動漫和遊戲世界，那些千奇百怪的造型和設計的確令人為之目眩；但是電影是電影，雖然科技進步，後期製作的 CG 技術發達，但在香港畢竟還是要真人實景拍攝的，CG 只是輔助；演員之間，演員和環境之間都需要有互動，故事才會成立的。如果大家去研究科幻和超現實的場景，要注意其實大部分都是現實世界提煉而成的。在《與神同行》中的不同地獄，有些是老舊的實驗室，有些是郊外的古代帷幔竹棚，有些是殘破的寺廟建築。在《星際啟示錄》，其中一個星球就是汪洋大海，不同之處只是有個造型獨特的機械在海中翻滾。沒錯，有些工作是美術總監和導演的責任，但編劇亦不能只用兩個字，譬如「地獄」、「外星」就蒙混過去的。

其次就是超現實的邏輯設定，不論是恐怖的鬼片，還是力量無窮的超級英雄片，那些情節當然不是真實，但我們還是要稍為設計一下，好讓觀眾能帶著一些前設去感受故事，最簡單的例子就是鬼片。恐怖感往往來自某些符號，可能是一個意象，或者一件道具，一出現靈體就會同時跑出來，令人不寒而慄。要解決詛咒，一定要主角去辦一件事，或者用某種方法把靈體消滅或解怨。這個方法通常靠戲中某一個扮演「智者」的角色去告訴主角，讓觀眾一早清楚勝負原則，讓人有心理期待。

火星人在地球

電影不是連續劇，篇幅有限。觀眾如一張白紙，安坐兩小時，編劇需要有理有節有情，娓娓道來一個好故事。一個哲學家也好、數學博士也好、物理學教授也好，一入戲院他便只是一位觀眾，他沒有義務為說故事的人解構戲中邏輯的。

很多好看的故事都是單一主題、單一主角、單一故事線，當然可以把它弄複雜，然後仍然好看，但難度亦會隨之增加。正所謂「未學行先學走」，就會跌倒。常見初學編劇的人，已經急不及待把結構搞得異常複雜，不斷跳轉時序，亂插回帶，多線敘事，自以為比較新穎（有很多學生都是這樣辯解的）。我可以很負責任地告訴大家，雖然三幕劇結構沒有那麼神聖，沒必要一成不變跟隨；但是破壞傳統敘事結構，也不代表什麼創新。老套不老套，還是要在細節上下功夫。

另一個我常見學生創作故事的弊病就是「雙重超現實」。意思是一個超現實設定之上，再加另一個無關的超現實設定。我這裏說的「超現實」，是相對寬鬆的概念，只要是超出日常生活常見的範圍，我們就可以這樣思考。舉一個「雙重超現實」的反面教材，曾經有一個學生講述以下故事：「主線是一個有面盲症的男人，被送到一間『殺手學校』，畢業後收到殺人任務，目標是一個天生失明的少女，殺手不單不下手，還幫少女尋找她素未謀面的父母……」

首先同學對面盲症和失明沒有什麼親身體會。面盲症只是網上搜尋出來的一個較特別的病，他也沒有要特別關心病人的意思。

我告訴同學，凡是超乎常情的題材或設定，無論放在劇情片或類型片中，只可以放一個，你還要用全部篇幅去安排相關細節，否則這設定就沒多大意義了。

譬如是有一部日劇是關於面盲症的，處理方法是主角有這個先天疾病，然後給觀眾看這樣一個特別的人（火星人），在我們認知的平常世界中去生活（在地球）會發生什麼有趣的事。你要讓一個有超凡毛病或能力的主角在一個盡量平凡的處境、和平凡的人互動，才會產生最大的戲劇效果。《衰鬼上帝》、《科學怪人》、《阿甘正傳》這些電影就是例子，你不能在這種故事架構中，再加上有鬼魂作祟或外星人襲地球的情節吧。這就是「火星人在地球」的道理。

與之相反的玩法正是「地球人在火星」，意思是：如果你想到一個有趣的世界觀，譬如一個荒島、一個食人部落、一個沒有女人的世界等，你就要塑造被掉進去的主角和配角都是有血有肉的普通人，他（們）不能具有另一些超現實的能力，因為故事的看點就是最平凡的人在奇怪的世界會遇上什麼顛倒常理的人和事。例子不勝枚舉：《真人Show》、《心慌方》、《末世列車》等。記住不要畫蛇添足再為主角加上超乎常人的能力，觀眾在超現實故事裏，反而想看現實社會赤裸的人性。

現代衝突

網上有一張關於文學的梗圖，關於故事中的「衝突」。

在古典文學中，衝突來自「人類 vs 自然」、「人類 vs 人類」及「人類 vs 上帝」。

在現代文學中，衝突來自「人類 vs 社會」、「人類 vs 自我」及「人類 vs 無上帝」。

來到後現代文學，衝突來自「人類 vs 科技」、「人類 vs 真實」及「人類 vs 作者」。

從古至今，任何故事中的情節，必須包含兩種力量之間的衝突，沒有 conflict 就沒有戲劇。衝突會產生行動，行動會帶來變化，變化會引起懸念，懸念會達致高潮，高潮會形成結局。所以，衝突是戲劇的原動力。

電影世界亦一樣，衝突是原動力。不過無論主題的核心是「人對自然」、「人對上帝」還是「人對科技」，在情節中體現的一定會是「人物」與「人物」之間的衝突。

這裏「人物」就是指由演員飾演的角色。電影和動畫不同，演員是活生生的人，場景是實實在在的地方；後期動畫特技愈來愈發達，不過仍未完全顛覆拍攝電影的準則。電影和小說也不同，電影當然也可以透過獨白去透露角色的心理狀況（獨白和對白只是電影語言的工具之一），但過分濫用或沒有影像配合就不算是電影了。

所以電影情節還是建構在人物與人物的互動之上，除了少數如《劫後餘生》或《藍這些罕見的例子，大部分商業的劇情電影都要在圍繞人物與人物的連繫：合作、敵對、背叛、共享，故事好不好看，關鍵就在關係中，很少例外。

即使你的主題探討的是超越人類範疇，以港產片《暗花》為例，主題是看不見、摸不著的宿命，但是故事還是圍繞由劉青雲和梁朝偉飾演的兵賊對戰，和其他參與其中的人物關係，而象徵宿命的就是那一位只在梁朝偉獨白中出現過的幫會過氣元老。

在《觸不到的她》（*Her*）裏，主題探討「人工智能」和人的關係。男主角大部分時間都是對著一部小巧的手提裝置，和以聲演形式的AI女生進行對手戲。主軸還是圍繞這兩個「人物」的關係進行。表面上機器雖然沒有肉身、沒有動作，但至少還是被賦予人類情感和機心，不是這樣設定的話是難以成戲的。

類型與劇情

有了社交媒體，一人一把聲。每個人都有權自由寫食評、球評、書評、樂評、影評。尤其是電影，可能出於對本土電影的格外珍視，每有港產片上畫，網上影評真如排山倒海，按港片影評的數量和荷里活片比較，和票房又不成正比。有好像評港片的人比看片的人還要多的感覺。雖然大量影評洋洋大觀，當中常見一些誤解和偏見，但不失為反映民情和市場走向的指標，供創作人參考。

以前有一種分類法，電影故事分為「人物主導」（character-driven）還是「情節主導」（plot-driven），大意是「情節主導」的故事會比較著重建立人物之間明顯的行為衝突，和情節結構，多於深層次的人物心理。「人物主導」則相反。

但近三十年的電影的實驗已經打破這種粗疏的二分法，比較傾向兩者相輔相成，一樣重要。情節建立和人物心理的描寫其實息息相關，沒有此消彼長的問題。

話雖如此，實際創作短短兩小時的電影故事，都難免有顧此失彼的兩難狀況。這個時候，我會建議同學取捨之前，先考慮一些核心問題。

我會問：「你想寫一套類型片還是劇情片？」這個二分法或許有點簡陋，但對初階編劇釐清想法很有幫助的。

類型電影：笑片、科幻片、恐怖片、災難片、動作片、情色片等等，其實離不開觀眾對於某種情感或視覺元素的期待。這些元素的重要性就要超越人物性格和心理的描寫。我不是說人物不重要，寫好人物是基本功。但是類型片的元素在質和量上是不能令觀眾失望的。譬如劇本裏人物描畫得再入木三分，《葉問》、《黃飛鴻》電影還是需要連場打鬥的；《肉蒲團》、《金瓶梅》還是需要亮麗的愛情動作場面的，不是嗎？

一旦在類型片世界，寫實的要求會降低，或者脫離現實反而是「夢工場」該有的態度，這合乎一句老話：「聽故唔好駁故」，故事一開始設定是天馬行空，往後的劇情就在這天馬行空的設定去走，質疑原始的設定才奇怪。「為什麼超人會有超能力？」「為什麼死火山會突然爆發？」「為什麼拳腳能敵槍炮？」這樣評價電影會讓類型片的創作者很無奈的。

與之相反就是「劇情片」。故事情節發生在某個特定社會的現實裏，需要充足的資料搜集；人物描畫要立體，不能面譜化；就算人物設計有誇張成分但不會離地，更不應科幻和超現實，一涉足不是現實世界有的事，情節就會大大減弱故事的可信度了。

人物經緯度

任何一個資深的編劇都會告訴你：情節再扭盡六壬，千迴百轉，都不及你寫好人物重要。但何謂寫好一個人物？無論是學生交劇本功課，或者編劇參加那些劇本比賽，總不免會寫上洋洋幾百字的人物介紹。實不相瞞，作為老師或評審，我總是跳過不看的。原因是有很多朋友在「人物介紹」中，鉅細無遺地寫上角色的外表特徵和內在性格，甚至生肖星座，喜愛的食物和旅行地點都寫上，但最後在劇本裏統統反映不出來。這幾百字介紹看似只為應付要求，勉強寫出來似的。

電影甫開始就是場面和情節，是沒有人物介紹的。所以不要期望老師和評審了解人物後才去看劇本，不合邏輯。

什麼是人物？只要把人物想像成你日常生活遇到的人就明白了。

你是怎樣去了解親人、情人、朋友和同事？不就是透過觀察、相處、對話和共同經歷而發現嗎？編劇正是讓觀眾從第三者角度，看著角色之間不斷互動、談話，以至衝突去了解人物的。

構思時候要注意兩個面向：

一：人物是觀點：角色有意識地從言論和行為，表達對人生某些主題的看法。那個主題，恰巧正是編劇想透過故事要探討的主題，由婚姻到夢想，由正義到生死，都是地球上任何一個人都會遇上的人生課題。

二：人物是態度：角色自有一套待人處世的態度，大多時候都是主角的自然反射，本人也不太自覺。由做事積極到消極，想法樂觀到悲觀，思考善良到邪惡，姿態親切到冷傲。角色都有自己如指紋一樣獨一無二的形態。

簡單來說：人物就是行為，行為就是人物。在戲劇世界裏，我們盡量不會透過第三者之口去敘述另一個角色的性格，而是用其本人的行為去告訴觀眾：「他是什麼人？」

第五章

仍然要相信這裏會有想像

棄粵語是大勢所趨

一直留意關於粵語存歿的爭論。有說棄粵語將成大勢，多年前曾看過有問卷調查指出：八百名育有三歲或以下幼童的受訪家長中，超過六成表示願意以子女廣東話水平下降為代價，換取更高的英語和普通話水平。有家長直言：以子女「前途」行先，要有「犧牲」。我身邊不乏這類家長，時刻以子女「前途」著想……

到底世上有沒有為下一代「前途」而故意不傳授母語給子女的家長呢？我不知道不肯定，大概遠至瑞典的皇室、巴西的貧民、非洲的土著也不會吧。

先不要和外國比較，香港人出名務實，不會執著區區「語言傳承」這些小節的。我們討論一下這個邏輯：首先，我們覺得未來大勢所趨是普通話，這個大勢大概是指中國內地經濟崛起，將來各行各業，無論做生意還是從事專業服務，都要懂得和內地人士好好溝通吧。沒錯，或者家長本身就是在內地做生意或工作的人，那麼家長本身是自出娘胎就懂普通話的嗎？還是覺得如果你一早懂得說一口翹舌的北京腔，你現在會多賺幾個億嗎？

無論你還是你的子女，可以到中國內地工作，首先是因為你的專業、知識，或者你做生意的眼光，或者你能把內地沒有的東西帶到內地去的能力，這是香港由五十年代開始一直賴以生存的「市場價值」，之後才是你的溝通能力。如果你覺得這個溝通能力，比起上述全部都更優先和重要，你應該讓子女一出生就到北京留學，學最正宗的普通話。

很多香港人都把「語文」當作如黐膠花、修電器一類的手藝，以為語文能力就等於學好拼音、文法、生字，然後寫好一封商業信件，之後就算不是飛黃騰達一片光明，也至少不愁兩餐吧。

然後為了要下一代懂得這門手藝，為他們的前途著想，叫子女「犧牲」自己的母語，以為只不過是廣東話之嘛，講講下就識啦。殊不知「犧牲」的，不單是「奄尖」、「濕碎」、「詐諦」幾個粵語詞的意思，而是犧牲香港人用粵語思考的能力，以及香港人一直屹立於華南，在中西文化夾縫下的生存模式。

家長們，除非你打算盡快舉家搬到內地，或美加澳紐居住，或者好肯定你子女一畢業就要回內地、美加澳紐發展。否則，與其很在意子女要學好普通話、英文，還不如先著緊一下，我們這一代到底要交給子女一個怎麼樣的香港呢？

香港強身之道

尼泊爾遙遠嗎？我對尼泊爾的知識很少，印象中她只是一個位於中印夾縫之間的地方，同時是愛好攀山者的旅遊勝地。

香港大概有一萬六千個尼泊爾人，正確地說，應該是有一萬六千個香港人是尼泊爾裔。他們很多都有香港身份證，在香港土生土長。上一代居港的尼泊爾人都是「啹喀兵」，曾參與二戰。六十年代開始，內地因「大躍進」運動而出現大饑荒，加上馬來西亞宣布獨立，英國政府從馬來西亞調配大量尼泊爾兵到香港鎮守邊關，自此「啹喀兵」肩負保衛香港的任務，多次參與抵抗六七十年代的暴動，協助香港皇家警察在天然災害中拯救市民等等，可謂「冇功都有勞」。

九七前，尼泊爾裔有專屬的尼泊爾學校；九七後，尼泊爾人卻只有進入本地學校和國際學校兩個途徑。大部分尼泊爾裔在香港的本土學校很難得到公平對待，由於中文程度的差異，學業成績一直落後他人，不少青年到中學階段便輟學，從事低技術低人工的職業，形成跨代貧窮的惡性循環。

香港到底算不算是一個多元文化（multiculturalism）或跨文化（interculturalism）的城市？有指香港是一個多元文化，但絕對不是跨文化的城市。不同族群同城存在，但是絕少交流和溝通，政府和官方機構從來只會提出「反歧視」等消極宣傳，而毫無積極作為去鼓勵族群之間相互認識，更遑論有政策和資源讓少數族裔融入香港主流社會。

本來香港有豐沃的土壤去孕育跨文化社會的：粵英雙語並尊、平等思維、法治精神、公平競爭，這些本來就是一個國際頂尖大都會的珍貴元素。不知從何時開始，這些土壤卻像失去樹木的保護一樣，一點一點地流失。

香港近年出現的本土思潮，其中一個盲點就是：沒有好好面對和團結我們社會中的隱形香港人。英裔、歐美裔、日韓裔、南亞裔、非洲裔，當中生於斯長於斯，真心愛港和立志世代以香港為家的，不計其數。如果真想讓香港體質堅壯，預防疾病，請固本培元，先由認識及珍惜少數族裔的香港人開始。

香港人眼中的美女

香港現時有各種「反歧視條例」，這些條例的確可以有效樹立標準去告訴公眾，差別對待某些弱勢群體是不應該被社會縱容的。但我覺得任何反歧視條例應該是過渡性的。當社會對某一族群普遍歧視情況已不復存在，有關的反歧視條例也該被消除，因為所謂弱勢強勢，是流動的，不是一成不變的。要建立一個公平公義的社會，應該以教育為主，去破除市民大眾一些根深柢固的守舊觀念。

不過觀乎香港人在社交媒體的言論，看來各項反歧視的條例還是有存在的必要。就以近年經常被公眾質疑過時的「香港小姐選舉」為例，其實大家網上的言論亦同樣「過時」，一句「出得嚟選就要預咗畀人取笑同評頭品足㗎啦」，一眾網民就好像得到道德合理性，就善用香港人一貫的抽水功力和生鬼粵語去盡情恥笑參賽者。

我見到：「踢甲組，男人都未必夠佢打」、「乜而家生果金真係咁少咩，要出嚟搵食？」、「非洲失業率好高咩？」、「連菲傭都出嚟參選？」、「師奶，你屋企個 BB 喊緊等你返去湊呀！」、「人妖打排球、變性版ＸＸＸ」等等等。

有沒有發現？言論可以完全反映香港人深植的歧視觀念，範疇足以涵蓋所有「反歧視條例」針對的族群：「性別歧視」、「年齡歧視」、「種族歧視」、「家庭崗位歧視」和還未立法的「性傾向歧視」。

當然這些評論娛樂性豐富，甚至比起比賽本身更加精彩。自問不少言辭也令我忍俊不禁。不過選美的主辦單位是不是也應該反思一下：香港人經歷幾十年不同時代潮流的洗禮，主辦單位可以帶領觀眾反省一下我們對女性的價值觀和審美觀嗎？柔弱、年輕、未婚、無子女、黃種但要皮膚白皙、異性戀、九頭身瘦體眼大腰幼腿長，不少標準早已被外國有識之士唾棄了。我們對於整容潮流下一式一樣的公仔不是嗤之以鼻嗎？怎麼一去到選美我們就變得倒退幾十年一樣，在網上向香港人強調一次我們對「模範美女」的標準要求呢？

當然，期待這個獨大電視台去改變舉辦多年的節目，去顛覆廣大纖體、護膚、美容廣告商的龐大市場，是有一點緣木求魚；不過希望大家都利用一下自己微薄的力量，至少不要繼續加深對女性、對弱勢的刻板印象吧。

何謂真婚姻

有論者指出：容許同性戀者結婚，會對社會的根基造成破壞，因為一夫一妻制才是現在地球上不同文化共有的標準和價值觀，所以反對香港效法美國檢討婚姻制度云云。

關於這一點，我會借鑑建制派對普選定義的立場。其實婚姻這種東西，是沒有「國際標準」的。堅持「一夫一妻」才是「真婚姻」，好像從前堅持有「公民提名」才是「真普選」一樣，是不切實際的，《基本法》亦沒有這樣講過。例如佔全球人口五分之一的一眾穆斯林國家就不是行「一夫一妻制」。「任何地方的婚姻制度，都應該按當地歷史、文化、政治及經濟的實際情況而定。」至於香港婚姻的傳統和歷史是什麼？當然不應該依從港英殖民政府在一九七一年強加於香港人的「婚姻改革條例」，而應該追本溯源，回歸《大清律例》啦。

香港在一九七一年之前，因為英國奉行「習慣法」，部分法例如婚姻法就依循舊有《大清律例》的。是故，何止同「性」之二人不准結婚；同「姓」的也不能通婚，違者雙方連主婚人都要罰打藤六十下的，婚姻亦告無效，陳茵媺和陳豪便首當其衝了。不同社會身份的人也不能通婚，主和僕不能結婚，官和民也不能結婚，違者也要打藤。此外，如果妻子冇仔生（或者只生到女）、唔服侍丈夫的哥哥姐姐、或身染頑疾如癌症等，丈夫有權立即離婚的。新聞報道經常有受訪者說：「我哋中國人可能傳統啲，接受唔到同性戀呢啲西方文化嘢。」請他們留意了，以上幾點其實才合乎中國傳統的。

又有人說：如果打開了同性婚姻的缺口，將會引起有人要求容許父女婚、母子婚、人獸婚等。這種「滑坡理論」的支持者也為數不少。如果是父女婚和母子婚，這是「一夫一妻」的範疇，我們應該問問異性戀者的意見。我就問過幾位同志朋友，他們都不約而同堅決反對「父子戀」和「母女戀」

的。至於「人獸」，外國獵奇新聞報道多數都是發生在「一夫一雌」或「二雄一妻」之間，請恕我孤陋寡聞，我比較少聽到有「男雄」或「女雌」的相關行為出現，是異性戀者比同性戀者更容易戀上動物嗎？要不要也來檢討一下？

此外，明光社曾經不滿「美國九個法官，決定了三億人的婚姻制度」，香港人不應效尤。本人實在百分之一千同意，如此重大的改變，當然應該交由全民表決。我呼籲他們帶頭建議政府，將「應否容許同性婚姻」，盡快付諸全民公投。七百萬人決定七百萬人的婚姻制度，那就功德無量了。

銀礦灣慘案

香港幾年前有一單小新聞，曾經讓我有點在意。

幾年前，有機構在大嶼山銀礦灣舉行大型音樂節，一連幾日，邀請了香港很多樂隊和歌手參加，而壓軸的晚會選在八月十九日舉行。但我發現，在這個風光怡人的海灣，七十年前，曾經發生慘絕人寰的兇案。

一九四五年，日本天皇宣布投降，之後一名日本哨兵被冷槍射死，在港拒降的日軍直搗大嶼山銀礦灣，並俘虜村民三百多人，帶到空曠地方毒打和虐待，威脅村長及自治會主席，供出游擊隊藏匿之處。日兵往兩位父老的口裏不停灌水，然後用腳狂踩二人鼓脹的肚皮洩憤。最後，日軍放火燒村，並繼續在附近一帶搶掠。事件中最少有十二人遭殺害。有些人稱事件做「銀礦灣慘案」。

這個事件，正正就是在一九四五年八月十九日發生。

當然，軍國主義日軍當年在香港犯下的暴行罄竹難書，要留意和悼念的日子或者多不勝數，但是在同一個日子、同一個地點，舉行歌舞昇平的活動，總令我不是味兒，好像現在的音樂和歡呼聲，穿過蒼茫的時空，和當時香港人的慘叫和哭嚎的情景重疊起來，感覺虛幻和無奈。

我會想像，日本人會於原爆紀念日在廣島圓頂屋開派對嗎？美國人會於「九一一」在世貿遺址舉行娛樂節目嗎？

當然，本文無半點怪罪之意。主辦單位仝人、歌手們、觀眾，以至一般市民，根本完全不知道這件香港歷史事件。電視冇提、學校冇教、老人家冇話我哋知，如果不是互聯網，這件事遲早會在香港人的記憶中，完全滅跡。

不少香港人對於和錢無關的事都興趣缺缺，所以才有人夠膽走出來說，某某東西沒有經濟效益，放棄吧；某某建築沒有升值潛力，拆掉吧！某某事件和GDP增長毫無關係，忘掉吧！

人是由歷史和回憶築構而成的，我們是誰？為什麼存在？由什麼樣走到今天的面貌，是要在過去中尋找的。把過去的東西都砍掉殺掉，然後說這是因為經濟、住屋等問題迫在眉睫，這樣和向一個肚餓的人說：飽肚要緊，不如割開頭顱，吃掉自己的腦袋，有什麼分別呢？

今時今日，紙筆、印刷機、電視機、咪高峰，遲些可能連網絡，統統都不再是我們的。那時候，我們被歸還以一間剛好伸直雙腳的斗室、一塊僅可充飽肚子的麵包，和無端多了一日莫名其妙的假期，不過，我們仍然可以選擇，緊緊擁抱衷心相信的身份，真實確鑿的歷史，還有自己的文字和語言，一代一代傳承下去。

恐怖煙花

記得二〇一五年，一場煙花匯演，還要在南丫島海難兩年後重開，煙花的題材不是窩心感動或莊嚴肅穆，而是炮聲隆隆、烽火連天，正常人會不會覺得奇怪？

製作人在記者會上說：「未經歷過打仗的人可以深深感受一下，前面那二十秒警報（siren）的聲音，象徵維港兩岸戰爭的恐怖；猛烈的雷聲好似日軍在維港兩岸進行轟炸，帶出戰爭的恐怖……」這解釋也蒼白得有一點牽強。這一秒要我們浸淫在北京申辦冬奧成功的「歡樂」，下一秒就要我們感受日軍殺人強姦的「恐怖」，我們又不是機械人，按一個掣就可以轉換情緒，「阿樂」一瞬間就可以變「阿愁」或「阿驚」。如果有人的情緒可以轉變得快如閃電，我們懷疑他會不會患上人格分裂，要不要看看精神科醫生？

我非常尊重製作單位在煙花設計上的能力和努力，以我所知他們已是幾代生產煙花的老字號，質素口碑有跡可尋。香港的企業有一個優點，就是在其專業範圍都用心鑽研，功力深厚。但自己範疇以外的事，都會不太關心。這個優點，卻正好成為香港人的軟肋。

只要心理正常，任何人都不會在別人生日的正日，在人們唱完生日歌切完生日蛋糕之後，突然提起令尊翁現在的病情，或令壽堂當年臨終的慘況；又或者在靈堂之上熱烈地彈琴熱烈地唱，說為了要令現場送殯的人，重溫當年死者快樂事蹟。這是常識，不把喪事當喜事辦，或相反。只有瘋狂黐線的搞笑片，或刻意經營感動的溫情片，才會出現這種荒誕的畫面。

容我推測，多數是最上最上的決策者或出資者，有一個訴求，然後層層而下，由最初「抗戰勝利七十周年」八個字，最終得出製作上可行、意念上湊合、客戶一定滿意的「方案」，就是這個史無前例令人體驗「戰爭和日軍的恐怖」的煙花匯演。

我打賭，沒有一個未經歷過戰爭的人會如製作人說，「嘩……嘩……嘩……」完幾分鐘之後，會感受到戰爭的恐怖。真正經歷過戰爭恐怖的人，我相信他一定也會避開觀看這個環節，以求不再憶起戰爭的恐怖。那麼，到底這一節煙花，是放給誰看的呢？

如果真的要大家感受維港兩岸曾歷戰火的可怕，我建議首先恢復「香港重光紀念日」假期，再在歷史課中補上當年日軍侵港經過；還有把華籍英兵、啹喀兵、加拿大兵前線英勇抗敵事蹟，還有東江縱隊在後勤的情報活動等，如實地教給下一代吧。

我記得故我在

很多身邊的朋友都知道，我監製及編劇的作品《哪一天我們會飛》原名叫《愛的根源》，靈感源自譚詠麟八十年代的名作；我特別喜歡這四個字，好像情歌也能有一種跨越生死、擁抱宇宙的氣概。數年前拿著這個故事參加香港亞洲電影投資會（HAF）的時候，我還為故事寫了一句註腳：「愛到最殘酷的盡頭・終會找到最美麗的根源。」這就是故事的原點。

香港人有一句說話常常掛在嘴邊，就是叫人「放低過去」。失戀嗎？「放低過去」再找一個吧！工作被辭退？「放低過去」搵新工吧！這些年來，社會有很多達官名人都喜歡叫大家放低過去，放低過去的一切。無論是上至牽繫多年的案件、過去繁榮風光的事蹟；下至一幢舊樓、一棵大樹、一個郵筒，都有人叫大家放低、抹去，然後一起努力迎接未來，好像「過去」和「將來」是勢不兩立、是非正反的選擇一樣。

我的想法剛好相反，過去、現在、未來存在同一條線上的。一個人的現在其實就是他「回憶」的總和。愛情也好、事業也好、生命也好，當面對困難和對前景不知所措的時候，最好就是停下來，從回憶裏找出目前這個處境的軌跡，看看怎麼走到今時今日，去作為自己如何決定下一步的依歸。

八十年代中至九十年代初，就是我們很多人成長的年代，也是香港文化由主流嘗試分流，粗獷走向精緻的年代，那時候有風靡華人世界的四大天王，但也有另闢蹊徑的Beyond、達明一派等一眾樂隊；有「雙周一成」屢破票房紀錄的大片，卻出現了票房未如理想，但名留青史的《阿飛正傳》。在創作自由、資本自由、發行自由的天空下，所有文藝創作都百花齊放，雖然也有聲音抨擊香港人視野和空間都十分狹窄，包容不了小眾作品，但二十年後回首一看，當時的小眾音樂、電影、漫畫、小說都如繁星一樣，光芒閃耀，直到現在。

你叫我們怎樣放棄過去呢？我們要繼續向前，或再創高峰，無可避免要運用歷史留給我們的經驗，記取舊日錯誤帶給我們的教訓，重溫我們曾經成功的想法和價值，才有可能面對那個瞬息萬變的未來。

這絕對和關在房裏抱著前人的遺物不同。你可以說我們需要的其實不是一幢樓一棵樹一個郵筒，但如果連這些都留不下，我們又怎樣能夠記住那些珍貴回憶呢？

「我記得，故我在。」也許根本沒有所謂依戀過去，不肯隨便割捨回憶，才有勇氣面對未來。

伐木的人，請顧念子孫後代

我不會說用簡體字的人是文盲。如果因為起初「簡體字是發明來給文盲用」，就把所有用簡體字的人都說是文盲，不但侮辱了全世界學了簡體中文的人，包括新加坡人和馬來西亞人，同時也犯了邏輯謬誤。據說三文治是一位名字叫「三文治」的英國人發明，全因為他沉迷打橋牌，沒有時間食正餐，於是發明三文治，讓他邊吃邊玩。我們可以說現在吃三文治的都是沉迷打橋牌的人嗎？

捍衛繁體字也好，捍衛粵語也好，一個理由就夠，因為這是我們的母語，是祖先留下來的語言。

是不是祖先留下來，粵語還可以拿出來討論。上個世紀中葉，香港開始淘汰原住民的客家話及圍頭話，廣州話終於藉流行文化：電視、港產片、廣東歌定於一尊，成為香港人的通用語言。其中電視居功至偉，無綫電視本來就是香港人最重要的語言推手，香港人無數的慣用詞語、靈活的語法節奏，或多或少都靠電視傳遍世界。

直至現在，很多台灣人、海外華人，仍然觀看無綫的節目，作為和香港文化聯繫的窗口。他們未必了解香港的現狀，正如我們普遍也分不清台灣哪一個媒體親藍、哪一個媒體親綠一樣，對他們來說，TVB 就等於香港。

所以這是一個最強烈的響號。一個拿香港人牌照、代表香港的電視台，譬如三番四次在黃金時間播放外購劇，而放棄自家製作的劇集，本來就值得市民警惕。此舉不但用香港人寶貴的大氣電波來傳送非香港文化的內容，而且變相嚴重地剝削了 TVB 內部創作人、製作人及演員的工作機會，不能說一句「私營機構商業決定」可以含糊過去的。

終於輪到簡體字了。每隔幾年

召開一次的全國人大政協會議，都有與會代表公開呼籲中國政府考慮恢復應用繁體字。香港因著歷史的安排，沒有跟隨內地用簡體字，反而意外地在南方一隅，完好保存了中華民族文化的精髓。如果粵語和繁體字在此地方消逝，這非但是香港，更是全體華人的損失。

日本電影《戀上春樹》中有一情節：修學林木業的男主角發現一棵杉樹可賣高價，興奮地說如果把樹賣光了，不就成為億萬富翁嗎？

他的師父說：如果把祖先的樹全部賣光了，我們子孫後代怎麼辦，不到一百年就完蛋了。而且林木業和農業不同，農業尚可以隨時吃自己種出來的東西就知道成果。林木業呢？工作有沒有做好，要我們死後才有定論。

敬告伐木賺錢的人，請顧念子孫後代。也勉勵護林之士，努力的耕耘，也不一定要在我們這一代看到收穫。

華語世界的純潔

本身念犯罪學的年輕作家，鑽研外國俗稱「深網」（Deep Web）的地下網絡世界，先後出版了兩本書。當時因出版社疏忽沒有加入警告字句引起傳媒及公眾關注。

本來書中一些受人詬病恐怖的情節，孰真孰假已經無從判斷，情節比起古今中外想像力豐富的犯罪小說、漫畫、電影，是不算什麼驚天動地的事。最終淫褻物品審裁處也只評定為「不雅物品」。為什麼公眾會這麼大反應呢？

最大的原因大概不在內容，而是書的受歡迎程度。據聞在青少年間特別受歡迎。有說很多家長投訴，未有留意兩本書的內容便購買給兒女閱讀。

這是出版社的責任。但背後卻有一個問題：為什麼家長覺得全部是出版社的責任呢？很多家長，工作繁忙，日做夜做，晚間累了只想看一看大台的電視劇輕鬆一下，一向不大著緊關在房門內的子女看什麼書、打什麼機、上什麼網，覺得這些都應該是學校和社會的責任。一旦發現和自己道德價值觀有叛逆的內容，只有幾個反應：一是怪責社會沒有好好為這個資訊爆炸的世界把關，隔絕所有他們認為不是「正能量」的東西；二是寫信去一切有公權力的機構投訴，如廣管局、淫審處，或者各大傳媒；三是聲討有關內容，要一禁百了。

不過，須知禁忌也有國際標準的，譬如兒童色情物品是禁忌，全世界包括國際刑警也會把關。但是討論兒童色情問題就不是禁忌了。香港某些家長喜歡混為一談，諗咗等於做咗，防患於未然，不相信青少年有明辨是非的智慧，也否定成年人有和青少年討論問題的耐性。

其實今次受針對的所謂「深網」書本，外國早已遍地皆是，香港那一本被投訴的細節，譬如渲染變態、教人如何上深網等，在英語世界屢見不鮮。不信可上外國最大的網上書店搜查一下。你的子女如果要郵寄購買，應該是輕易而舉的事，下一步家長們可以呼籲封鎖各大網上書店吧。

這本講地下網絡世界的書，正好讓我們思考，表面和諧大愛的世界，內裏有什麼深不見底的黑暗，如一個被蟲蛀爛了一邊的蘋果，我們是否裝作什麼也沒有發生，翻到另一邊若無其事地大口大口吃下去？

我知道家長們不會反對英文書的，因為他們覺得「外國人較開放」、「外國人道德標準不同」，而只針對華文書，竭力維護華文文化世界的純情、無垢、正能量，另一方面，努力叫子女學好英文，送他們去英美加澳留學，「擴闊視野」……

咱們小孩要學好普通話

要落實政策，咱們香港的小孩子要學好普通話，有太多理由，比如說：

為了將來他們更好地到內地單位工作，無縫地和內地生活接軌；

為了將來他們要呆在香港工作的時候，也好好地和來自內地的客戶、領導們、同事們好好溝通；

為了將來他們要呆在香港念書念上去的時候，也能好好地和來自內地的所有人：中學老師、中學同學、大學教授、大學同學好好溝通。

不能夠聽好講好普通話，你去餐館和服務員點個菜也有麻煩（我最近在一家商場內的中菜餐館，碰上了一位完全聽不懂廣東話的服務員）。你說普通話重要不重要？

所以，拜託各位校長和各位大官，沒有必要再用貶低廣東話來抬高普通話了。

最近看了一個電視節目，訪問某小學校長，她說：「用普通話學中文，對於學生掌握文字的表達一定是強一點，因為至少口語化的語句不入文，語感表達能力都是強。」

多年來忽悠香港人最多的一句話：「用普通話教中文會提高學生的寫作能力。」教育界大官最常用的魔咒，就是「粵語不是中文，方言不能入文」。如果我寫作的對象係廣東人、香港人、澳門人，點解唔准我用口語寫文？寫文章的目的，不就是要用對象理解的語言來傳遞訊息、溝通思想嗎？用普通話口語，例如「咱們」、「呆在」、「好好的」、「忽悠」入文嗎？如果用普通話口語和廣東話口語不能入文，普教中有利寫作從何說起？

然後，另一個教育界大官要給中文定下的標準，就是普通話詞語。普教中不斷告訴小孩子，香港人和廣東人慣用語、慣譯詞都是方言，是錯的，要學規範的用語。所以「魚蛋」是錯的，要改成「魚肉丸子」；「朱古力」是錯的，要改成「巧克力」；一切要跟內地的用法才是正確，公司沒有「上司」，只有「領導」；餐廳沒有「侍應」，只有「服務員」；「希特拉」不對，電視和報紙都改口做「希特勒」了。總之，上一代香港人在學校裏、在電視中、在生活上所學，在這片土地上自然生成的一套粵語中文都是不對的，是時候要改變了。

要學好美麗的中文，我從小的理解是在綿綿幾千年中華文學的長流中，尋找優秀的作品來閱讀，遠的是詩詞歌賦、經史子集，近的是當代小說、粵劇戲曲，要融會貫通、兼容並包，而不是莫名其妙地設下一套標準，定於一尊。所以每次當聽到提倡「普教中」人士的邏輯和論據的時候，我不禁感嘆原來我的中文已經徹底跟香港官方主流脫節了。

再現嫩綠重出新枝

吳伯伯一九四七年來港，之後學修理鐘錶，一九六〇年自立門戶，在九龍城某唐樓樓梯底開舖，至今五十六年。勞碌大半生，最近吳伯伯收到屋宇署的信，信中指他在樓梯底的舖位屬僭建，要拆。奇怪幾十年來一直相安無事，可能那些樓宇和香港一樣，老化了，變得危險了。他接受記者訪問，說了荒涼而空虛的一句：「希望政府畀我捱埋呢一世，我今年八十五歲……」

他沒有要求重新安置、沒有大聲疾呼要保育快將沒落的手工藝，相反，他說不想拿綜援。他沒有發財，也沒有什麼退休保障。他年輕時候也不是達官貴人口中的廢青。他太太說一生人和他旅行的次數屈指可算。他這模樣也應該是一眾大人物口中的「獅子山精神」了，他做錯了什麼？

或者有。他不善理財，他沒有好好把握他年輕時候樓價不高的歲月，悄悄地儲錢買下一個小舖位，價高轉手再買大舖位。又或者他沒有趁恒指還是幾百點的時候，定期入市一些藍籌股，然後每天早上到銀行門口，和其他公公婆婆一樣，看著主板的數字上上落落，跟著升跌微笑或搖頭。他的心機，全都用在錶面的數字上。他的成就，全在修理一隻沒其他人可以修得好的手錶上。沒有學好金融炒買，即活在香港的生存之道，或者就是他人生最大的錯誤。

從前有很多藝術家、匠人都是靠有錢人養活的，有錢人不一定有過人的品味，但他們明白：他們在修羅場上爭權奪利的時候，社會上另外有一班人，用畢生精力鑽研一門技藝，是提升生活及靈性水平的活寶藏。只有不知天高地厚，袋富心窮的人才不懂珍惜，要除之而後快的。

奇怪的是，當真的舊被消滅後，假的舊卻被創造出來。小販車被趕絕後，美食車抬出來；舊街被清洗後，懷舊街卻被建立起來，莫名其妙，耐人尋味。

事到如今，一切都清楚不過。舊區要拆、舊樓要推倒、老技藝要失傳、老樹要盡鋸、舊語言要重置、舊思維當然也要更新，一切阻頭阻勢的老嘢，都要推倒重來，趕盡殺絕。

但見般咸道石牆上被狠狠斬掉的老樹，餘下的樹根竟重出新枝，再現嫩綠，是這個地方「仍然會有希望」的徵兆。

我們的幸福

看過一條短片，集合多款自製的捕鼠器。這些人都以水樽或膠筒，輔以簡單的槓桿原理，即可捕獵惹人討厭的老鼠。當然這些捕鼠器有共通點，就是要放上食物做誘餌。片中所見，老鼠並不愚蠢，不是完全察覺不到危險，但經過一輪「鼠」視眈眈，左閃右插，最終也敵不過美食當前，墮進陷阱之中，萬劫不復。

假設老鼠逃過一劫，又可以回去把這經歷帶回巢穴傳給其他鼠族，我們的捕鼠器恐怕要推陳出新，像細菌也要學懂進化才能感染人類一樣，才可以撲滅鼠患了。記得中學時候上歷史課，老師說人和動物最大的分別就是思考的能力，以及把智慧傳承下去的能力。如果我們喪失這個能力，每一代出生的時候都由鑽木取火學起，我們現在應該還是原始人。或者情景倒轉老鼠有這個能力，主宰地球的應該就是牠們了。

這個世界本來就危機四伏，只是前人把這城市經營得太好了，好得讓我們以為這些都是理所當然：安全的街道、便捷的規劃、四通八達的交通。世界上所有國家無不是以讓人們「安居樂業」為目標的。長輩都記得香港五六十年代的狀況：很多人住木屋寮屋，大部分人捱窮，有不少小偷和劫匪。如果拿現在去比，香港人的確大致完成了「安居樂業」的目標；更有不少趕上經濟發展的限時特急，努力加時勢，現正享受優渥的生活了。

不過，變幻原是永恆，我們最終要償還代價。原因正在於我們因為喪失部分思考和傳承智慧的能力。我們都在過至少沒有飢餓和性命危險的生活，把美食的照片放上網，把旅遊的消閒快樂和朋友分享，我們都很有愛，會關心動物權益、氣候問題、第三世界受害的婦孺。一時之間我們都忘記了危險；忘記了地球上，每個地方的自由和幸福，都是由上一代的人以血和

汗換回來的。有人提出要警惕這些危險，我們會自然反射逃避這些資訊，稱之為「負能量」、「教壞細路」，之前「恐懼鳥」引起的風波正是一個例子。

最近和舊友聊天，才知道一些商界近十年的陰暗面以及明目張膽的腐敗。的確，你現在生活得很好很幸福，只是有些人搞事而已。但你忘記了幾十年來，你因為努力而得到的成就和財富，其實建基於什麼條件的。你只看見有人在擾亂你寧靜的環境，撩是鬥非，但你看不見有人正在保衛你的下一代，保衛當年你「成功創造幸福的條件」。歷史邏輯真的有這麼難推論嗎？出路和斷崖真的很難分別嗎？

但願我們不要像老鼠，死得不明不白。

七百萬人的無明

某月某日的夜晚，我和兩位編劇坐在某二十四小時營業的快餐連鎖店裏，邊吃邊開會。那裏環境很吵，其實不是一個能夠好好說話的地方。不過在這個土地不足的城市，這個小角落卻是很多香港人最佳的聚腳點：放眼一望，有三五成群的大學生、中學生、外籍傭工、情侶、母子，甚至有無家可歸的草根人士。一間快餐店，竟是香港的縮影。

即時感覺是世界變了，變得沉悶。如果時光倒流十幾二十年，我拿攝影機拍攝他們的話：學生們在捉棋或者玩啤牌、外籍傭工在寫信給故鄉的家人、情侶在分享相簿裏的照片、母子在一起閱讀故事書，但事實是：全部人毫不例外低頭看著手機或平板電腦，間中會對著屏幕傻笑。唯一不變的是流浪漢，都一樣伏在桌上打瞌睡。

不止一次，也不限於某一區，我和編劇們都遇上了每夜在這連鎖快餐店借宿的人。他們每晚在相同位置睡覺，有時自己購買餐飲，有時是撿拾桌上吃剩的食物。他們彼此認識，互不干涉，和其他顧客安然共存。

即使座位有限，但餐廳的職員都沒有下逐客令，讓社會上備受忽略的一群有一小角容身之所，朋友說這間在外國經常被詬病的快餐店集團，也算在本土盡了一份「另類的社會責任」了。

所以每到了這種時候，有政客陪同記者出來關注一下住屋問題，試瞓劏房和板間房，我就覺得不可思議。為什麼你們還好像「剛剛發現蛆蟲會長成蒼蠅」的小孩子一樣，露出一副驚訝和好奇的表情呢？存在幾十年的問題，已經不是困擾那麼簡單，而是快要讓人死心和絕望了。

剛剛看了揚威台灣金馬獎的《一念無明》。電影中被迫蝸居劏房的一群香港人，在城市的下游掙扎求存。本來每個人

都會面對的問題，譬如家人之間的矛盾，全都因為擠壓的住所而被放大了一萬倍，吵架了、爭執了，斗室裏根本沒有轉身喘息的空間，被迫坐困煎熬，再正常的人也會折磨出一個病來。

誰還會期待在上者能良心發現，紓緩一下這全球第一的瘋狂病態嗎？反正大部分人都不相信，因為過去已經被騙了太多了。最後的結論都不過是皆因港人不肯犧牲郊野公園、不肯搬到內地居住，而不是反省遺禍延年的人口和土地政策。任由壓力煲四周仍繼續加柴添火吧。

後來，那間快餐連鎖店易手了。且看與人為善的政策會否保存下來，還是會改弦易轍，封死了這城市一個通風口呢？不妨細心留意。

香港本來不是一個無聊的小島

在網上經常看到一些報道，專訪香港各區一些工藝的師傅，不約而同都表示行業正瀕臨絕種的危機。

修理鐘錶、製作霓虹光管、紙紮、做傘、造木雕、裁剪旗袍等，不能盡錄。種種曾經在香港引以為傲的工藝，統統落得失傳的下場。為什麼？師傅也許會說年輕人怕辛苦，不願意入行。但真的可以一句話就責怪青少年嗎？

第一，不如我先看他們的店交多少租金？地方會不會好像深水埗的「棚仔」一樣被人虎視眈眈來「活化」？第二，究竟有多少人知道香港有什麼工藝？教育除了中英數國情《基本法》及備考TSA、DSE之外，還有沒有令學生認識多一點香港傳統歷史文化呢？

讀文化研究的人應該知道，要了解自己，其中一個有效方法是去了解別人。去過日本的朋友應該會有一點體會。其實日本經濟不太好，年輕人不見得特別追捧自己的傳統文化，但是別人的氛圍和策略就是可以令到工藝更有可能流傳下去。

報章訪問一個香港紙紮大王，他說自己多年都未升過級：現在還是「佬級」，仍然是一個「紙紮佬」。其實日本工藝一樣面臨失傳的危機，不過幸好「職人文化」尚存，各種師傅的社會地位崇高，收入再沒保障應該都三餐無憂、有瓦遮頭。在日本，每個地方都有自己引以為傲的名勝和技藝。去過廣島縣竹原市，參觀過有一座專為「日本威士忌之父」竹鶴政孝而設的博物館，還有電視劇記載他的事蹟。人家才不會理會每位遊客是不是都對釀酒有興趣，他們覺得自豪的，就會世世代代表揚他。相反，就算聲望如李小龍，到目前都未能夠有一座博物館，我弄不明白，這二十年香港建了這麼多新豪宅，這麼多個有一模一樣連鎖店坐鎮的商場，為什麼都容不下一個幾千呎單位大小的「李

小龍館」？真是土地問題？供求問題？

在日本扭開電視，是一個三味線演奏的節目，一個三味線老師傅和他兒子一起演奏，收視應該都是平平，但別人沒一台獨大，可以有空間播放關於文化的節目。在機場見到一個展覽櫃，有一個全用和菓子製作，傳統日本雅樂表演的跳舞姿態「蘭陵王」模型，原來是兩個八十後的職人所造的。人家傾盡全力保存所有歷史建築，整條江戶時代的商業街變成一個景點。香港就想拆毀九十年歷史的佑寧堂；地政署每日幫手拆毀香港獨步全球的景觀——「違規」的霓虹光管。一切有因有果不是無緣無故。香港，本來真的不是一個無聊的小島……本來。

一架開往無明的列車

某一個晚上，從大學校園去九龍塘港鐵站準備回家，看到有一大群人圍住一塊四呎乘四呎的地圖，和一張寫滿巴士號碼的圖表，有人舉起手機拍照，心知不妙。

人群很有秩序由月台倒流入大堂，看看身邊的人群，絕大部分人泰然自若，仍然來去匆匆；或低頭按手機，好似答案一定從屏幕裏找到似的。時不時有年長的乘客面露困擾，借問陌生人：去某某地方，應該怎辦？答話者說：其實我都好想知道。奇怪的是，除了喇叭傳來一把故作鎮靜的聲音，不斷重複「由於電力故障，觀塘線服務會受阻，不便之處敬請原諒」之外，平日總會在站內勸止學生不要帶大型樂器，或有人在站入面busking就衝出來制止的港鐵職員，又或者平日在月台五步一崗，舉牌叫人走前一些走後一些走快一些的「黃衫仔」，一個也沒有！平常保安嚴密的城堡，突然無人守衛，氣氛古怪。

在網上看到有人分享當時情況：一架駛往黃大仙的列車，突然火光一閃，緊急煞掣，全車一片漆黑，有乘客尖叫，但車長沒有任何宣布，乘客在迷茫中等列車慢駛至黃大仙站，車門竟然緊閉深鎖，大量乘客擠迫在幽暗的車卡裏邊，期間裏面有人心臟病發，有人幫手拍門求救，有人報警，有人高呼救命，就是無人回應。

奇怪的是門外的乘客看著昏暗的車廂仍然「循規蹈矩」等車，直到有人按捺不住強行拉開車門，送某個病人出車廂為止。原來有一個港鐵職員拿著對講機，一直站在外邊等待，不知在等什麼。

而我，在巴士站等了兩個小時，由隊尾排到隊首，排到最前，並不是因為前面的人成功登車，而是看見一架一架因為車上擠滿人而脫站的巴士，一個個自行離開。最後我都是一樣。

回到家，家人和我七嘴八舌地討論、埋怨。他們平時都不特別關心政治，也異口同聲：以前港鐵不會這樣，是不是被迫用了不知來自哪裏的零件和系統？百姓直覺，不會特別有什麼證據，因為等所謂調查報告出來之日，屆時也沒有人會再關注。

今日香港，巴士線合併、小巴線被裁減、的士加價但車租同時又加，的士司機卻收入不變，又不知道是什麼造成的士今天長途不去短程不去交更時間不去過海也一定不去的世界；Uber司機又被放蛇告上法庭。而港鐵，繼續延伸他的手臂，在上蓋大搞地產，而且定期在可加可減機制之下，不斷加價。

當下的香港，就好像一架開往無明的列車，在一片sound of silence之下，帶著七百萬人高速前進，沒有人知道會發生什麼事，唯一肯定的是，你和我都不可以選擇不坐，和港鐵高層每年會一樣加薪金……

洋紫荊璀璨開放

什麼是「洋紫荊」？如果你上網查找，你會被華文世界裏一串天花亂墜的花名弄得一頭霧水。什麼「羊蹄甲」、「紅花羊蹄甲」、「宮粉羊蹄甲」、「艷紫荊」，驟看就頭疼。

混亂出現其實是因為在香港、台灣和內地的名稱都不一樣，而且交互重疊，所以用中文理解會非常混淆，用英文理解簡單多了。大家上網圖文對照之下便可以用英文去分辨清楚。第一種就是*Bauhinia purpurea*，香港叫「紅花羊蹄甲」、台灣叫「洋紫荊」、內地叫「羊蹄甲」；和另外兩種最大差別的就是花瓣比較幼身而狹長，花的顏色呈粉紅色。第二種是*Bauhinia variegata*，香港叫「宮粉羊蹄甲」、台灣叫「羊蹄甲」、內地卻稱為「洋紫荊」，嚇到了嗎？這種花的花瓣比較圓潤，顏色淡紫，盛開滿樹的時候好像櫻花一樣美。花瓣都是五片，但其中一片特別深色，這樣理解會易認得多。第三種是*Bauhinia × blakeana*，即是香港正宗市花「洋紫荊」、台灣叫「艷紫荊」、內地叫「紅花洋蹄甲」，花瓣圓潤度介乎前兩者之間，顏色較為深紫。我不是植物學家，歡迎指正。

換言之，香港、台灣、內地稱為「洋紫荊」的是三種不同的花。*Bauhinia* × *blakeana* 中間的「×」即是混種之意，換言之其實是「紅花洋蹄甲」、「宮粉羊蹄甲」交雜而成，是香港獨有的花，又稱為「香港蘭」。洋紫荊是一八八〇年一位神父在薄扶林發現的。另一特色，或者你說是缺陷也可以，就是洋紫荊是沒有果實的，不能自我繁殖；全香港的洋紫荊都是一八八〇年發現的那棵的子孫來。

又因為近親繁殖，所以洋紫荊不會好像其他花樹般開得十分茂密，鑑賞角度不如其他樹那樣美，而且洋紫荊樹的抵抗力十分弱，如果不好好愛惜和保育，很容易玩完。但是惟有洋紫荊，才源自香港，所以當年才會被選為香港的「市花」，寓意和香港一樣稀有和珍貴。

將紅花、宮粉搞亂還說得過去，最離譜的就是和「紫荊花」混淆，因為兩者無論外形、顏色、品種、樹木形狀是完完全全兩回事；打醒十二分精神，如果錯的慢慢說成對，那就是悲劇。

我寫過一首歌叫《廿年》：「無論明天好與糟／留守先看到／洋紫荊璀璨開放」。裏面寫的不是「紅花」、「宮粉」或者「紫荊花」，如果想看「洋紫荊」的話，你要留在香港才看得到……

回憶就是文化遺產

我曾經去參觀一個專收集舊物的貨倉。我本身不是舊物控，沒有收集東西的習慣。但是走進這個貨倉裏，有一種進入時光隧道的感覺。

除了很多舊玩具、舊擺設，看起來全部超過六七十年的歷史；最令人愛不釋手的，是那些紙本的舊物，包括報紙、雜誌、海報、廣告品、商業文件，還有很多不知屬於誰的照片簿和書信。隨便說幾個有趣的：

一份一九四七年的《華僑日報》，有報道全中國普選、廣東省的選舉情況，選民分屬各行各業的數字等。

一張一九六七年「第一屆香港國際小型賽車大賽」的海報，舉行地點在石崗機場，贊助商只有某大鐘錶和大煙草品牌。以前的海報設計很簡單，就是手畫的一個小型賽車圖像，用色和諧，中英雙語資料，字體清清楚楚，不會有一大堆贊助商 logos 和自保的 disclaimers。

有一張印有李小龍簽名的《死亡遊戲》劇照，應該是香港截拳道會的禮品。一大堆披頭四的2R相，堪稱是香港第一代的Yes!卡。還有一堆我猜是七十年代外國《花花公子》雜誌的紀念卡，印有那個年代艷星的性感相。

有一本擁有者樣子好像「蘇博文」前世的相簿，他應該是剛剛在戰後便任職飛機師，很有心思地貼好他遊歷世界各地的照片、明信片，及很多和不同朋友的合照，有些照片還添上顏色，活生生就是一本影像回憶錄。

有一部老電影的發薪名單，詳列電影中各個崗位的工資，不知是台幣還是港元，只看銀碼再計算通脹，應該是會讓現在的電影同業羨慕。又有一本五十年代的「新片名登記表」，有些片應該拍好完工，有些可能改了名或者沒拍成。片名大體是文雅的，當然也有一些很「有趣」的：例如有一部戲我聽過的叫《恨不相逢未嫁時》，後兩頁也許可當做續集，由隔鄰「老王」拍的「回應篇」，叫《太太是人家的好》。

這些舊物可能是物主過身之後，後人捨不得扔掉，所以原封不動賣掉或捐了給有心人，意外地保留了歷史痕跡。反觀現在，我們什麼也放上網，好像沒一點危機感。硬盤可以隨時壞掉，大的互聯網公司也可以瞬間結束一部分的業務。你父母的日記可能意外地留下了。但是你的Xanga可能因為沒有備份已經消失無蹤。

你的回憶現在是你私人的，但是過了一百年後可能就是屬於全香港的文化遺產，每一個人都分別記錄我們曾經怎樣喜怒哀樂、悲歡離合，都是香港人曾經在香港，努力生活和做夢的證據。

聖誕氣氛

「近年是不是沒有聖誕氣氛了？」談到這個話題大家不約而同覺得「聖誕氣氛」這詞語離香港愈來愈遠。你懷疑是不是大家都老了，患上節日冷感而已？不過問一些年紀小一圈的朋友，原來得出來的答案都一樣。

「氣氛」這東西虛無飄渺。用電影做例子，你要拍出「聖誕氣氛」，首先你會在美術、道具和場景用上大量「符號」，聖誕的符號就是聖誕樹、聖誕花、聖誕老人、鹿車、燈飾、禮物包、馬槽、耶穌聖像、三賢人等。但光有這些符號，如果電影是關於葉問打漢奸，或者連環謀殺案，電影除了「肅殺」之外都不會出現其他氣氛。皆因創造氣氛的，從來不是死物，而是人。

小時候，我一些來自中產家庭的同學，家中都會擺放高高的聖誕樹，大家會很期待去他們的家開派對。今天，我甚少聽見有朋友會在家放聖誕樹。放什麼？哪有地方？除非那棵樹可以貼在天花板或牆上啦。我們的聖誕樹，已經和我們生活空間一樣，集腋成裘去了商場那裏。聖誕氣氛由「一群人躲在家裏的聖誕樹旁邊，交換禮物無無聊聊說說笑笑這些沒有經濟效益的行為」，轉化為「幾個人下去大型商場那個聖誕 installation 旁邊，排隊舉V合照或自拍，再 upload 上去社交網站，然後去附近光顧千多塊一位的聖誕大餐，再在連鎖時裝精品玩具店買禮物的集體促進 GDP 大行動」了。

看到這裏，或者你會問，不對吧？以前聖誕節一樣是購物節，又到處都有促銷活動，人們也一樣是飲飲食食買買東西吧？對，以前也如此，但是以前你在尖沙咀、灣仔、中環「感受完節日氣氛」之後，你會回到你自己居住的區域，看到屋邨小店一樣有聖誕樹，一樣有一家大細、三五知己頭戴聖誕帽，散散步，就算沒錢去商場吃大餐，沒錢買家電玩具，一樣感受到一份溫暖。現在，小屋都是豪宅，小商場也慢慢變成一式一樣的大商場，進入而沒錢消費，只會覺得「聖誕，好像不太關我的事」。

所以，每年政府用這麼多錢搞什麼盛事，又自創什麼什麼節，其實都不會再有什麼「節日氣氛」。真正的氣氛來自人，來自人人覺得自己有份參與的感覺，外國遊客山長水遠來看打醮、舞火龍、搶包山，最重要的是感受到人的參與。不說耶穌降生，帶來愛和希望這些陳腔濫調，也先不說疫情或社會運動的影響；聽說過教育局有人曾建議：教師應該設計「趣味家課」給學生在假期裏做，連小孩也笑不出來，何來什麼「聖誕氣氛」？

投訴香港

多年前，有區議員發現元朗大棠一幅面積約六十平方米的野生帕醜草被漁護署鏟走了，漁護署後來在公園另一個位置重新栽種，並加上圍欄，但帕醜草不足一個月就全凋謝了。區議員向漁護署查詢，漁護署開始說有家長投訴子女被帕醜草刺傷，後來有傳媒查問就改口說圍欄是要避免野生動物破壞。換言之帕醜草死得不明不白，疑似死於「家長」投訴之下。

曾經香港舉辦過成人展，有個創作人只是用成人題材畫了一幅水墨畫，裸露程度和像真度肯定不及性教育的課本。大會發言人說因為收到「家長團體」投訴，之後又有不同的政府部門，包括發展局、康文署、食環署施壓，所以最後遮掩作品中描畫性器官的部位，甚至畫中關於性的字眼都掩蓋掉……如果投訴加上各政府部門空群出動就可以令展覽會收起或掩蓋疑似不雅的展品，淫審處是不是可以關門大吉？法院可以休息了嗎？

一個只有十八歲以上人士才可以進場，以「性」為題材的展覽，卻因為收到「投訴」所以遭禁止有「性」的元素，已經是匪夷所思和揚威國際。有人說教壞小孩，如果「教壞細路」這觀點成立，今天成長於最多大膽裸露的色情書的七十年代、及成長於最多三級暴力色情電影的八九十年代的成年人，一定是道德品格最崩壞的世代了。

再加上小眾的獨立樂園做演出、獨立電影做私人放映、民間書院講課、外籍文化人士來港交流，全部都不約而同收到投訴，然後有各大部門輪流派人上門問候或執法，而投訴的人永永遠遠可以躲在背後，從來不知是什麼人，也不知是屬於哪個團體；那個人又抱持什麼立場、精神有沒有問題；那個團體又是什麼背景，成員有沒有什麼利益關係，公眾一概不知。但是當你和我去投訴的時候，各部門又可以依據「實際情況」受理或者不受理，今日即刻派一百人去包圍他又可以，一個星期後才派一個人去查問兩句又可以。這個遊戲的規則的彈性真大。

常常說香港一切依法辦事，那麼不如立法向公眾說清楚什麼可以做什麼不可以做。依法辦事，不是依投訴辦事，有些人做就酌情，有些人做就有法必依。

不知道為什麼，這些投訴剛好都是針對獨立藝術、多元價值、青年次文化、海外文化交流等等。各位藝術文化工作者真是倒霉，搵食交租已經足夠艱難和嚴峻，還要不知何時會不小心墮入法網，倒不如早一點禁止他們活動，讓他們早日收拾心情轉行更好吧。

港鐵站地理

人的認知容量很有限，如果用電腦做比喻，就是不夠 ram。你不可能同時開幾百個 app 而又想每個 app 都運行暢順，所以人會選擇性處理外界的資訊。選擇性處理，所以會有選擇性的知覺，用自己方便的系統去認知世界。

小時候，住在近登打士街的地方，那時候學校要我填寫地址，我都是寫「旺角區」。直到大家都習慣了乘地鐵之後，開始有人質疑我的地址不屬於旺角區，因為油麻地站走過去，比旺角站近得多，後來我和家人不知道何時開始，把家的地址修正做「油麻地區」。我不知大家是怎樣，我小時候就習慣了這一套，以地鐵站去理解香港每個地點位置，而忽略天生該有的方向感和距離感。身邊的朋友，家不在地鐵附近的，會比我更熟悉香港各區的相對位置和方向，因為他們要靠其他交通工具去生活。不知道平常有私家車接送的朋友認知系統又是怎樣呢？

以前和朋友約會，約在地鐵站的銀行就最方便；又有電話亭可以聯繫。除了地鐵站，約在大型百貨公司如崇光、永安，或知名地標如鐘樓、皇后碼頭等，都是熱門選擇。在八十年代，香港不是一步一商場的，現在大小商場無處不在，幾乎壟斷市民外出生活的所有消費。今天，某一個商場等於每一區的核心地標，已經變成近乎常識的地理概念。感覺就好像天子分封諸侯，群雄各據一方那樣。世界其他大城市都不會像香港那樣。鐵路系統成熟如東京、首爾、台北，各區的核心地標大都是官方機構、社區會堂、文化建築和大型公園，不會是一座座鶴立雞群的商場。

現在港鐵站愈來愈「長」。大家都知道接近港鐵站「出口」是個「優勢」，樓價都可以喊貴一點。原來由銅鑼灣列車月台走去時代廣場都不算遠；利東站列車月台走去鴨脷洲那邊的「出口」才誇張，就算有接駁巴士過去也不為過。第一次去那裏的朋友要預留多一點步行時間。

有朝一日，為了提升綜合競爭力，油麻地、旺角、尖沙咀三個港鐵站大可以合併，叫「大旺區」，列車又可以長一點，快一點，人又可以多塞一點。當然，我小時候住的「旺角區」就成為了一個歷史名詞，甚至根本就沒有存在過。

福地還是樂土

先輩常言：「香港是福地。」常常這句話之後就是一系列心靈雞湯式的勉勵：「不要這麼多怨言」、「有飯吃有瓦遮頭就應該知足了」、「真是身在福中不知福呀」等等；說到好像香港是上天「應許之地」一樣。幾十年來一家大小看電視新聞，每當見到內地洪災、日本地震、美國龍捲風、敘利亞戰亂、埃塞俄比亞饑荒等，就會有人讚嘆香港沒天災、沒動盪，身為香港人應該好好珍惜、抱持正能量，引伸至今天成就全靠香港人都默默耕耘，再引伸到政府做得很好，不相信你看看這個世界，下刪幾百字。

也許香港真是福地。但這個有合成的原因，不是單單因為香港幸運。比如說香港有幾個深達幾十米的蓄洪池，這幾個因為一九九七、一九九八年雨災之後興建的地下領域，很多次為守護香港立下功勞。當然，建這個不是即時有用但價值昂貴的真基建，要有遠大的眼光和為民服務的精神……靠的，不是香港人自己幸運呀。二〇一八年「山竹」風災，看見很多地方和建築物根本沒有抵禦狂風和惡水的能力。看到一棵棵倒下的「盆景樹」，我就想知道種樹的時候到底是為了滿足綠化的規劃要求，還是真的想我們的城市健康一點？這麼容易就可以種得遍地是樹，難怪有人覺得為建屋，鋸了千年樹，或鏟除郊野公園是那麼理所當然的事。

很多重災區都是填海地區。杏花邨被垃圾圍困的景象，被人比喻成大自然的報復。垃圾是沒有國籍的，就算不是香港人製造的都可以被送上門。颱風若不是正面侵襲香港，而是指向台山核電站，不知道香港算是幸運還是不幸呢？

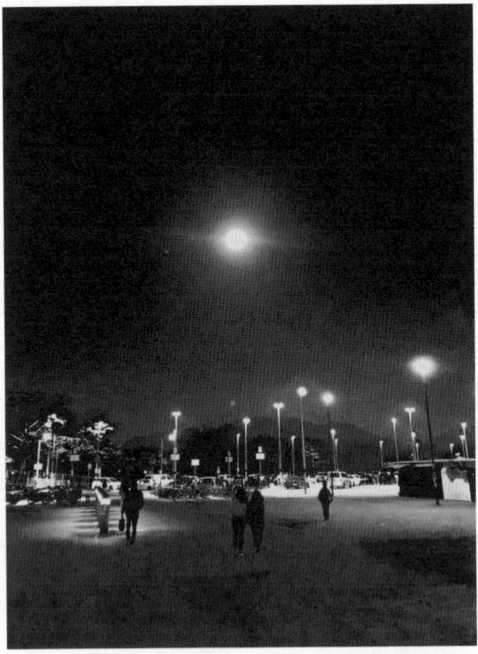

種種跡象告訴你，所謂「香港是福地」，只是一個說法，世界上沒有用不完的運氣的。是好是壞，都是靠活在這片土地的人。雖然災前有人炒賣膠紙，災後又有老闆不理員工處境而扣減勤工獎或補貼；但同時我們看到很多人自發去清理塌樹和雜物；有老闆主動呼籲員工不要上班。我們更要謝謝前前後後讓城市重新運作的公共服務人員，包括紀律部隊、醫護人員、交通工具的司機、食環的清潔工，他們不是只有值得我們的掌聲和Like，還應該值得多更多報酬去工作。

即使千千萬萬第二日就要上班的打工仔，他們可能因為愛和責任，亦可能就是為了薪酬，一樣是使社會快速復元的功臣。不要誤會，香港人勤力工作值得讚許，不代表剝削是合理的。這個城市未必是福地，但是要人不離不棄，才有可能把這裏變成樂土的。

悼魏志立神父

Father Naylor在二〇一八年年十月四日離世，享年八十六歲。雖然早是意料之內，但當時讓好多師兄弟黯然神傷。多年前因為回去拍電影和母校的師生聯繫，見過Father好幾次。雖然Father有些氣若游絲但是思路十分清晰，還可以將他以前倫理堂教我們的詩句倒背如流。

就算未見過這位執教幾十年真正桃李滿門的神父，只要你身邊有一兩位九龍華仁畢業的朋友，都一定聽過他的事蹟。絕大部分年代裏，魏志立神父都會任教中三其中一班的英文課，成為該班的班主任，和任教全部中三級別的倫理課，所以沒有人未被他教過。

我有幸當時是在他擔任班主任的班級裏。他的英文堂最大特色，就是逢星期三午飯時間之後的三課英文連課，會帶我們走出課室做探訪。至於去哪裏就好像扭蛋一樣，我們事前不知道，家長也不知道。有時候是探訪弱勢群體做義工，有時候是探訪藝術家，有時候去郊遊；一個人帶四十幾個人浩浩蕩蕩去坐車坐船，穿街過巷。如果是乘巴士，下車時候每個人都一定要微微笑和司機說「多謝」、「唔該晒」，下車後全班同學要和司機揮手道別。幾十人一起對著正要開走的巴士揮手，當時我們覺得好尷尬，也許以大笑遮醜，也許當應酬 Father。每次司機見到這個場面，面上總掛住一個笑容，不知道是會心微笑還是嘲笑，但都一定是開開心心離開。現在每次我看到巴士乘客跟司機爭執的片段，都想起這件事，明白 Father 要我們在日常生活中，對每一個服務過你的人致謝是什麼一回事。

下課後，我有時會留在學校打橋牌，到四點左右，Father 就會精神奕奕出來散步，真是健步如飛，昂首闊步那一種。我會別過面，千萬不要讓他看到我。為什麼？因為他認識我，他一定會叫我陪他走遍整個校園，拾起每一件別人丟的垃圾。如敢不從，他一定施以他拳打背脊的攻擊，一下一下好像很暴力，「嘭嘭聲」可以傳到百幾米以外，但其實他是握拳，用手指關節位同掌下枕去打，其實是一點都不痛，不過就很有「戲劇效果」。上一秒他可以兇神惡煞用英文罵你，下一秒可以變臉用流利的廣東話和你說笑，全部都很有戲劇效果。

還有很多例子，比如夏天不准你開冷氣，小息不准你留在課室迫你出去玩。行事隨心所欲的神父，一早已經是環保先鋒，是真正有創見的教育家，足夠拍一部電影去談。再看現在的教育制度，再看現在的氣候問題，如果多些老師好像 Father Naylor 一樣，世界會不會完全不一樣？

規範香港

網上瘋傳，有家長投訴小學中文老師過分執著中文字的字形，例如「田」字，裏面那一橫的兩邊不准碰到外邊，四隻角又要緊貼在一起，搞到寫一個字都好像做勞作一樣，要學生改完又改。家長金句：「孩子最重要的時間，都已花在不重要的事情上；家長最後的青春，也陪伴孩子花在標楷體上。」聞者心酸，但又哭笑不得。

因為已經不是個別事件，問題源自教育局的《香港小學學習字詞表》，美其名是減少異體字，讓中文老師教寫中文的時候有標準依據。實情是小朋友學懂這些字之後，無論是看書、上網、出街看招牌餐牌時，都不會再看到一模一樣的字，更何況這個世界愈來愈少機會寫字，那樣小朋友用九牛二虎之力學這些所謂「規範中文字」是為了什麼？

恕我多心，「規範中文字」重點不在「中文」，而在「規範」。不理有心還是無意，「規範」加上至尊無上的「考試升學」制度，今天已經完美地讓老師、家長和學生花光心機、不問情由去迎合教育局所有主張和標準。我要「規範」你要你這樣學，你就要這樣學，如果不依從就不及格就會影響你升學；我有「指引」要你這樣教你就要這樣教，如果不從就不及格就會影響你職位。這個制度不是教育，而是正在訓練聽命的機械人。

不知不覺，「規範」和「指引」已經鉅細無遺那樣「規範」和「指引」香港人日常生活，不必用腦，跟「規矩」做好，忘記還有樣東西叫「common sense」。

日常生活聽到重複的規範和指引，直到習以為常，或者變成不隨意反射動作為止。每日坐港鐵，最令人困擾的就是 non-stop 的三語廣播，不斷重複「捉緊扶手」、「請勿助長行乞」諸如此類的訊息，明明毋須無限 loop，但絕對有催眠大腦潛意識，不斷和自己說「不准」、「要遵守」的功效。訊息是什麼不重要，「不准」和「要遵守」才是重點。

我讀書的時候從來未聽過「規範」這兩個字，學寫的就是各朝各派的書法，識認部首，字形筆畫無誤就可以，從來毋須仔細研究一筆一畫怎樣為之標準。我相信大部分香港人都是這樣學中文的，什麼時候開始要這樣做呢？奇怪的是，如果那麼在意不想中文混亂，何解又要提倡同時學簡體字呢？如果那麼在意為中文立下標準，為什麼又從來不出指引「規範」粵語字呢？

第六章

地球像放於掌心裏

蝴蝶薄弱的翅膀

我喜歡故事。

無論是真實的、杜撰的、半真假的，古往今來，從東至西，由細到大，只要有人，就有故事。

一九三八年冬天，倫敦一位平凡的二十九歲股票經紀正準備飛去瑞士，享受其優哉游哉的滑雪假期；臨出門之際，卻接到一個好友的長途電話，要求他放棄度假並立即前往布拉格。朋友說：「我有一件很有趣的任務想你幫手！」

這個從天而降的電話，卻改變了他和很多人的一生。

這位經紀叫尼古拉斯・溫頓。雙親是猶太裔德國人、英國出生、基督徒。朋友口中的任務，原來是拯救捷克難民營入面的兒童。當時英法兩國為安撫希特拉，私下決議割讓捷克蘇台德區予德國。溫頓和很多人都相信，整個捷克將也難逃希特拉的掌心，首當其衝的就是當地的非德裔人，特別是猶太兒童。

於是溫頓在布拉格一間酒店長租一間客房，用一張飯枱做救援行動的總指揮部。他先是在捷克接見難民的家長，緊接著回到倫敦，成功游說下議院通過政策：只要有家庭願意收養，並付五十英鎊保證金，就可以讓十八歲以下的難民逃到英國。

之後溫頓從空陸兩路拯救了共六百六十九名兒童。被救的兒童中，有人後來成為政治家、新聞工作者、遺傳學家、數學家等，當中還包括一位赫赫有名的英國導演 Karel Reisz，其代表作是一九八一年由梅麗史翠普主演的，叫《法國中尉的女人》。

戰後，他從沒向人披露此事。直到一九八八年一天，他的妻子在塵封的閣樓上找到被救兒童的檔案，這個秘密才得以重見天日。

同年，英國廣播公司邀請七十九歲的溫頓上電視。溫頓坐在觀眾席第一行，主持問：「今晚在座各位，有誰欠溫頓先生一命的請企起身。」溫頓身後突然有幾十位中老年人同時站立。他們早已散失在地球不同角落，半世紀後，卻首次聚首一堂，一同向溫頓致以最簡單而深刻的謝意。

這一幕，大概再冷漠的人也守不住淚腺了。

沒有人有權低估自己的力量。有些人總覺得自己人微言輕，無法改變巨大而殘酷的現狀。我覺得剛好相反，正因為風暴將至，每一對薄弱的翅膀都有契機創造蝴蝶效應。那個契機，叫「大時代」。

羊群與猴子堆

什麼是羊群效應？羊群效應是指一個人從不思考，只遵從大多數人同意的思想或行為。由追隨網上輿論，集體謾罵同一個藝人，到響應野心家的號召，上戰場攻打別國等，可大可小。羊群很容易變成一窩蜂。

那麼「羊群效應」的相反詞是什麼？「獨立特行」，還是「鶴立雞群」？

我覺得都不是。

有一個更有趣的詞語叫「第一百隻猴子效應」，或可簡稱「百猴效應」。

一九七九年，一位南非的生物學家 Lyall Watson，引述一九五二年發生在幸島（位於日本九州東部一個孤島）的一個實驗。話說有一班日本科學家研究島上獼猴的行為。觀察所得：本來猴子都是把番薯連泥帶土一起放進口裏進食的，但有一天，有一隻馬騮像牛頓發現地心吸力一樣，無意中把番薯在河裏沖乾沖淨才放入口中，發覺美味無比。

於是牠將這個發現告訴族裏其他年紀較小的獼猴，一傳十，十傳百，愈來愈多猴子模仿，但可怕的事情發生了。這個原本只存在於幸島上的知識，不明所以地竟然傳播到附近大分縣的猴子身上。於是得出一個結論：當一種思想和行為，在一小撮人類之間傳播到某一個臨界點（第一百隻猴子）的時候，就會毋須經過真實的溝通和接觸，突然廣傳到其他族群的世界裏。後來「第一百隻猴子效應」被很多「新世紀運動」的愛好者引述，作為人類意識可以隔空產生共鳴的證據。

這真是一個充滿希望的學說。雖然後來有很多人證實，這其實只是一個都市傳說，當時做過實驗的科學家根本沒有得出這個結論。不過這個傳說依然受人傳誦至今。大概是我們太渴望出現潮流領導者，渴望多一些人拒絕隨波逐流，為紛紛擾擾的問題尋找真正答案，從而改變世界。

即使沒有隔空傳播，其實我們從來也不知道自己的想法到底會在什麼時候影響什麼人，正如一個七十年代逝世的歌手，他生前也不知道他的歌會放在一個被稱為「互聯網」的地方被另一個時空的歌迷聽見一樣。

其實，做羊還是做猴，端視乎我們個人的決定。又或者，如果你是統治一個島嶼的人，你希望要管理的是幾百萬隻乖乖隨俗的羊，還是幾百萬隻百厭獨行的猴呢？

復仇者之劍

幾年前，一次偶然的機會以旁觀者身份參加柏林影展，有幸在柏林逗留數天。在旅程的最後一天，大會不是安排我們前往最著名的餐廳大吃大喝，也不是帶我們到名店區購物掃貨，而是到他們一個叫做「歐洲被害猶太人紀念碑」的地方參觀。

紀念碑群在德國國會附近，由近三千塊大小高度不一的黑色巨型石塊組成，置身其中有如一個供孩童耍樂的迷宮；遠看，卻像一副一副黢黑的棺材陣列在前，又似一浪一浪方塊般的波濤迎面以來。紀念碑之下是一個地下展覽館，以文字和圖片，詳盡記載著由一九三三至一九四五年，德國納粹如何有組織地迫害猶太人的過程；更有錄音宣讀有經展出的每一位受害者、失蹤者的名字和背景，據說共有三百萬人的名字，單是從頭到尾聽完也要幾年，名單還被有關單位不停更新和加長中。在這裏，被消滅的已不單是歷史上無數獨裁者屠殺人民的冷冰冰數字，而是最清晰不過的，如一支一支如燭光一樣微熱的生命。

館內有一區域，地上布滿一塊一塊的螢光管板，和地面上的黑色巨石互相對比。上面寫上大量被害猶太人留下的日記、書信，以及死前向至親吐露的遺言。在暗黑的環境讀著，每一段說話令到被害者的形象如電影主角一樣浮現腦海，有從容就義，有貪生怕死，和你我一樣有親人，有夢想，也有恐懼。雖然他們當時如螞蟻一樣被瞬間消滅；但如果後人要用什麼歷史觀點、什麼主義氛圍、什麼民族因素去詮釋，我們又顯得非常渺小。

牆上，還有二百二十個遍布歐洲各地的集中營介紹，連執行屠殺的兇手的名字，也一一記載下來：因為這宗血淋淋慘案，絕對不是希特拉一雙手就可以幹出來的。

博物館門前寫著一個曾被送入奧斯威辛集中營的猶太人的說話：

「It happened, therefore it can happen again: this is the core of what we have to say.」（我們必須表達的核心是：發生過的，就可以再發生。）

殺人固然可恨，遺忘更是可悲。手無寸鐵的人面對強權，最重要就是守住記憶。因為誠實地記載歷史，就是對殺人兇手最狠最強大的報復。

回憶在說謊

筆者籌備開拍電影《哪一天我們會飛》時，其中一個重要的元素是「回憶」。

我本身就是一個健忘的人，時常要靠舊同學舊朋友重拾往事，回溯起來，疑幻似真，好像發生過，又好像沒有發生過。

在電影世界，真假回憶就是一個永恆有趣的題材，由黑澤明的《羅生門》，到山田洋次的《東京小屋》，都是靠角色重組情節來構成故事。兩戲其中一個共通點：為了維護自己，人類是會虛構一些回憶來騙人騙己的。《羅生門》中的樵夫，他為了掩飾自己一時貪念偷取寶石匕首的小罪，向官大人撒了個大謊，還從頭到尾裝出一副不知就裏的樣子。

至於《東京小屋》，女僕所寫的自傳，一直不斷被甥孫健史質疑，選擇性記住了戰前美好的回憶，而忽視戰爭對民生的影響。不過山田洋次把原著最弔詭的結局改寫了。在小說中，女僕為了隱藏自己妒忌，自傳中故意虛構了她把信送到女主人的情夫板倉手中，板倉還真的回到紅頂小屋和女主人時子臨別相聚，直至健史在多紀遺物中發現時子未送出的信，真相才大白天下。

那麼究竟記憶可否像《潛行凶間》一樣被植入的呢？答案是可以的。一九八八年，美國華盛頓州的保羅英格倫是社區內出名的好好先生，還是當地一名警長和共和黨支部的主席，卻突然被兩個女兒控告在她們年幼時曾被他自己性侵犯。

起初保羅矢口否認，但當時連一直相信他的同事對保羅曾犯罪的事實深信不疑，在警方疲勞式轟炸和重複的案件重組審問後，保羅開始懷疑自己的記憶力，及對自己的人格自信開始崩潰，開

始供稱自己不記得有否做過，寧願相信女兒並沒有說謊。

之後六個月的囚禁中，警方的心理學家告訴他可能壓抑了自己的記憶，於是以催眠助他「重組記憶」。最後保羅在沒有任何其他證供的情況下，自白認罪，殊不知，他自己供述的犯案細節，和女兒的證詞完全不同，甚至出現自相矛盾的內容，可是保羅深信自己曾犯案，向其律師堅持要認罪而被送上法庭。

回憶是可以被植入的。當不斷有人告訴你，你要忘記過去，放下包袱，面向將來，請小心！是不是有人想你掏空腦袋，再塞進虛構的回憶進去呢？

真相錯覺效應

我現在告訴你，一加一等於三、太陽由西邊升起、張融識講狗話等等，你一定覺得我在開玩笑……

不是的，我再一次認真、嚴正、在公開場合言之鑿鑿地宣布：一加一真的等於三、太陽真的由西邊升起、張融平時講狗話，還附加多位名人學者佐證和報告，你會覺得我在說謊，玩大了……

不信嗎？我再號召多幾百人，每天在你途經的每個角落、每份你讀的報紙、每部你看的電視中都告訴你：一加一就是等於三、太陽就是由西邊升起、張融其實是一隻狗會汪汪汪地叫的時候，你或者就會開始相信了。

這是一個叫「三人成虎」的經典故事。因為我們其實並不相信真理，而只是希望相信大部分人都相信的事，因為作為群體動物，我們總是想融入團隊之中，渴求那份集體安全感。所以班房中，老師說的，縱使我們覺得不合理，我們信；O-Camp中，組爸組媽要玩的，縱使我們覺得核突，我們玩；部隊中，司令上級要辦的，縱使我們覺得有違良心，我們照做；只要當時其他人和我都一樣就行了。

再告訴你一件事：美國前總統奧巴馬其實是伊斯蘭教徒！你的反應會是：「唔係呀嗎？」明明無數次，奧巴馬在電視上喝啤酒、食漢堡、上教堂、抱著《聖經》低頭默禱呀！是的，大部分人都不信。不過根據美國獨立民調機構 Pew Research Center 的調查，二〇〇八年三月透過電話訪問幾千個美國人，問題是：「你知道奧巴馬信奉什麼宗教嗎？基督教、猶太教、伊斯蘭教、佛教、印度教，還是無神論呢？」答奧巴馬是基督徒或伊斯蘭教徒的百分率分別是百分之四十七和百分之十二。二〇一〇年八月同一個調查結果是百分之三十四和百分之十八，即相信奧巴馬是穆斯林的比率在短短兩年半左右上升了百分之六。主要原因認為是奧巴馬政敵和評論員的惡意謠言。調查發現，說奧巴馬是穆斯林的人當中，三成四是共和黨支持者、三成人不滿奧巴馬的表現，有六成人說在傳媒上得知奧巴馬的宗教信仰。

心理學上叫「真相錯覺效應」（illusion of truth effect），人們傾向認為聽過的就是真實，或者即使不是聆聽而只是下意識聽過，不管那陳述是否合乎自身經理性學習後的認知。

當我們只是恥笑謊言而袖手旁觀的時候，終有一天我們也會被謊言征服。因為比起陌生的真話，我們總是容易相信耳熟的流言。

隱形的黑猩猩

以前有一位朋友教曉我一個不需要太多手藝也可令在場觀眾目瞪口呆的魔術，叫做「魔術師的選擇」。玩法有很多種，但萬變不離其宗，就是魔術師準備了多個數字或多張啤牌，供你隨時抽取甚至任意揀選，但最後他可以如有心靈感應一樣猜中你的選擇。秘密恕我不直說，這樣有違魔術道德。簡單來說就是當你以為自己在選的時候，其實魔術師已一早為你好好安排答案了。

如何令你不知不覺跌入設計好的陷阱之中？方法千變萬化。其中一個方法就是轉移視線，讓你專注在單一事件之上，而忽略其他事情，即使那些事情就在你眼前活生生地發生。

曾經有一個心理實驗叫「隱形的黑猩猩」，測試者被要求觀看一段幾十秒的影片。影片中，有六人分為黑衣和白衣兩組，在鏡頭前行來行去，每組各自不停傳送一個籃球。播片前問測試者：「究竟白衫的人總共傳了多少次球？」播片後，大部分人都可以準確無誤說出答案。

不過這不是實驗的重點。影片中間其實有一隻人扮的黑猩猩大模廝樣從左至右緩緩走過，還在畫面正中做出一個捶胸頓足的動作足足兩秒，但至少有一半的測試者只專注白衣人的傳球，而毫不察覺有一隻如此誇張礙眼的大猩猩曾出現在自己眼前，可見眼睛其實並非我們想像中那麼銳利和雪亮。

人的毛病，是太容易隨著指揮棒起舞。傳媒和社交網站每天為大家製造新的話題、爭論，但到底當中有多少跟我們是有關係的呢？當我們每天忙著看黑白兩組傳球的時候，有幾多隻醜陋的黑猩猩從我們眼皮下偷渡呢？當我們專注社會上被簡化為二元爭論的時候，看看四周的變化：街道變髒了、舖頭執笠了、樹木被砍了、綠地湮滅了、語言轉化了、人心改變了……轉眼間，黑猩猩已遍布四周了。這些都在我們自以為睜開眼的時候發生的，正想回過頭來關注一下的時候，新的黑白兩組又開始傳球，我們的注意力又被另一個新的假議題抓住了。

這個測驗原來還有一個新版本，名字依舊叫「隱形的黑猩猩」。這次看片的人變聰明了，除了有點算白衣人的傳球次數外，還有注意到黑猩猩走過。播片完畢，來了一個新的問題，原來黑猩猩過鏡的時候，背景巨大窗簾的顏色，由原本的血紅色悄悄地變為刺眼的亮金色，大部分人的眼睛又再一次被騙了。

何不食狗肉

在香港，不准吃狗肉不但是法律規定，也是人心所趨，幾無異議。現在比較多人爭論的是，我們有權要求地球上另一些國家和民族也停止這種被我們認定為不文明的行為嗎？

其實幾乎全世界，歷史上也有吃狗肉的習慣。但最早視吃狗肉為禁忌的，必然是經濟上人和狗比較親密的地方。譬如遊牧地區，人需要依賴狗隻看管禽畜，或者捕獵其他動物，人便不會視狗為食物了。但這時候，人狗之間大概是主從關係多於夥伴關係的。

人對狗的觀念轉變，第一個轉捩點是二次世界大戰之後，歐美國家郊區城市化的興起，人們普遍飼養狗隻作為看門用途，到上世紀五十年代，狗多數不會像現在一樣允許進入室內，而是養在屋外狗屋的。第二個轉捩點，諷刺地是狗隻的商品化，小型寵物犬開始流行。年輕人可以問問長輩，香港八十年代之前，可見的都是體形較大的狗，如黃犬；輕巧的寵物狗是非常罕見的。商品化令世上多數人由和狗的主從關係，轉化成心理上的夥伴關係。狗隻填補現代人的心靈需要。近幾十年層出不窮的狗商品和產業：配種、狗糧、美容、寵物醫療、狗隻訓練，甚至狗酒店、寵物配婚、寵物殯葬，一直將狗擬人化，強化和人類最親密的地位。

其實生物學上，狗亦可能是最了解人類情感和語言的動物之一。即使撇開這個不論，在大部分城市化的國家，人狗親密的文化已不可逆轉，狗的確不能類比豬牛羊，食狗肉理所當然會被視為野蠻行為。但這個規範，可否同樣放諸有文化差異的地方呢？現時有吃狗習慣的國家集中在東南亞，包括中國、韓國、越南、印尼等。以中國和韓國為例，其實已不斷有關注動物權益的團體，呼籲政府限制甚至禁止食用狗肉，這現象和其他地方的歷史吻合，只要城市化步伐沒有停下，寵物犬愈來愈流行之後，反對狗肉的聲音只會愈加壯大。在豐衣足食的情況下，狗肉作為食物在味道上和營養上並非無可取代的，所以假以時日，反對的聲音必會動搖這些地區的吃狗肉傳統的。

深信我們香港人不斷進步，就萬萬不能視坊間「更前衛的愛護動物主張」偏激；那麼呼籲外地和外國人莫要吃狗肉就更加理直氣壯了。愛狗人士，加油！

誰令土地有價

歷史小店結業，已經不是新聞，慢慢地，像長了的指甲被剪掉一樣平常。

開業二百年的「何正岐利刀莊」，有「南刀之最」的美譽，在香港扎根都有八十年，刀具「襟用」一世，二〇一四年刀店卻敵不過更鋒利的租金，結束了。

開業近七十年的「新景記粉麵家」，傳承了手製魚蛋的技藝，被社區重建局逼遷，又付不起附近昂貴的租金，也結束了。

以上例子只是冰山一角。昔日香港的光芒，就非只靠什麼「四大產業」支撐，而是靠千千萬萬的人，手提著各種技藝的油燈，從四方八面來香港點亮的。

英國一位當時只有四十三歲的蘇格蘭女企業家，獲英女皇頒發 OBE 勳章（官佐勳章），以表揚她在商界的貢獻。她由倫敦一間百貨公司的小小內衣店開始，發展成現在價值二千萬英鎊的企業。其時她將為政府撰寫一份研究報告，檢討英國愈來愈少人創立小生意的問題。

傳說拿破崙曾評論英國平民百姓創業精神，稱之為「店主之國」（a nation of shopkeepers）。但近年英國小店在連鎖店、租金及網購三面夾攻下，備受沉重壓力，單是二〇一四年上半年，全英平均每日有十六間商店結業。

這位女企業家認為，英國要維持經濟上的成功，一定要靠釋放社會上每一個人的創業能力，無論年齡、出身、教育。她的報告會特別針對經濟上的弱勢，如社會援助申領者、青年、殘障人士及釋囚等。時任倫敦市長約翰遜，就呼籲保守黨，一定要打破「社會向上流動」的障礙，終結現在高級中產和專業人士的經濟壟斷狀態。

姑勿論最後成功與否，英國人至少意識到，小店小企才是經濟的活力泉源，單靠大企業，不單止無法令社會公平享受經濟成果，最終更會令人心動盪不穩。

相反她遠東一個前殖民地，市場調節、競爭原則等資本主義的機制，不知何時變成了宰殺小店小企的武器，而小店所承傳的人才和技術，本是香港科研和文化發展最寶貴的土壤，近年卻被凌遲一樣，一塊一塊被閹割了，造刀的技術斷層了、造麵的秘方失傳了，還有千千萬萬的例子，就如無端被斬的四棵細葉榕，還要被淋上一層疑似蠟青，以防止再生，真的要這樣趕盡殺絕嗎？

正如保住老樹，並不是為了成全大人的回憶，而是為了孩子的將來；保住老店，也不是單單只為了可憐上一輩的生計，而是讓下一代的創業者有法可依、有藝可傳。

最後，希望大賺特賺的人們銘記，令土地有價的，並不是背後的擁有者，而是上面默默耕耘的使用者。

價廉物美的詛咒

二〇一三年四月二十四日，孟加拉達卡市西北市郊，一個好像和平時沒有兩樣的早晨，製衣工人如常去某一座八層高的大廈上班。這幢大廈已有多年歷史，內有十數間國際知名的衣物工廠，共僱用約五千位工人。

平地一聲響，整個區域如跌入地獄之中——這座大樓崩塌了，意外發生之後只有一樓完好無缺；本來這棟建築只有四層，第五至第八層本來就是僭建的，而且其結構原是為了商業，而非工業而設。

事發前一日，已有勘察人員表示發現大樓有裂縫，要求所有人立即疏散及封鎖大樓，但是當地衣物工廠的負責人不理警告，指示工人照常上班。事件導致一千一百二十七人死亡，成為歷史上遇難人數最多的塌樓事件。

事後，全球關注發展中國家血汗工廠的問題，並牽出背後錯綜複雜的關係：跨國巨型服裝企業為了追求逐年上升的利潤，故希望產品有更快更新的潮流周期。以前的時裝以季度來更替的，近年就有企業鼓吹每月的時裝，甚至每日的時裝。然後企業為了壓低成本，會選擇發展中國家最落後最貧困的地區來設廠，政府巴不得有外資到來為自己國家創匯及解決就業問題，多數在勞工權益或安全政策，及環保條件上讓步，或者隻眼開隻眼閉，因為只要成本上升一點，企業就會毫不猶豫把廠房遷往更便宜的國家和地區。

不單是製衣過程，其實企業由衣物原材料那一點開始計算成本，為了確定棉花出產，不受諸多蟲害影響，愈來愈多農夫改用基因改造的棉花，但基因改造有時會被指控令農田出現藥物依賴，甚至有新聞指導致農夫出現某些疾病等等。全世界愈來愈多人關注貨物生產鏈上種種不公義的問題。

我早前看過一部名為《真實代價》（*The True Cost*）的紀錄片，從多層角度探討時裝業背後的陰暗和沉重，有人亦為製衣廠辯護，指出如果沒有製衣廠，發展中國家或會面臨更嚴重的失業和飢餓難題，大量的女工人，甚至投身更危險更低收入的工作。

這現象絕對不只在個別國家或城市發生。就在香港，只要你和我細心一點觀察，我們自己每天購物消費都在格價，大至買汽車、家電，小至買日用品、去餐廳吃飯，當中所謂「價廉物美」的魔法到底在哪裏？真的全部都是經營者精打細算、善於管理的成果嗎？

片中有一位學者說：這是資本主義制度的問題。這部推動全球經濟運作的機器貌似不能撼動也不能改善。要解決問題，關鍵從來就在於世界上到底有幾多人意識到問題的存在。關注，就是第一步。

被一把剪刀救回一命的女嬰

幾年前，英國有個懷了雙胞胎的孕婦早產，先誕下一個在肚裏只有二十三個禮拜的女嬰。出生時候，她整個人，大概只有一個女生的手掌那麼大，她的腿，比較一個成人的手指還要幼。

有很多研究指出早於懷孕二十四周誕生的嬰兒存活率極低。所以包括英國，一些國家定下合法墮胎的期限，均在懷孕二十四周之內。

所以醫院為這個女嬰量體重，以決定是否還要積極搶救她。

可幸的是，女嬰重一磅，即四百五十四克，剛好超過早產嬰兒可能存活的最低要求。

但搶救之後才發現，量重的時候有人誤把剪刀也留在磅秤上，女嬰實際重量其實只有三百八十二克。

數星期後，她的孖生妹妹也早產了，不幸的是，遲出世的妹妹反而救不到，傷透了她父母的心。

這個被一把剪刀救回一命的女嬰，她未來的路或許會非常崎嶇，她還要努力去面對早產嬰兒會遇上的各種健康問題，但我相信她的父母和她自己都不會輕易放棄這一條得來不易的生命。

常言道：「上帝不擲骰子。」一切命中有數。但那是諸神層次的領悟，人世間，擺在我們眼前的，就是各種偶然，千樣可能，希望與失望不停輪替；天空的晴陰，月亮的盈虧，總是生生不息地幻變。

很多事的存滅，都可能在於一念之間。現在社交媒體發達，人際關係可能不太緊密，但是心中的想法卻是很容易洩漏。所以如果有朋友有訊號，不論親疏，請鼓起勇氣慰問，讓那個他知道，誰人也不孤單，誰人也會有某個人，願意和他共同度過一小段日子，然後再有下個人為誰接力陪他走下去。

我想大家都看過很多文章教你如何開解萬念俱灰的朋友，其實都大同小異，在此不贅。重點其實只有一項，就是盡力陪著他。請不要奢望一剎那就可以把一個人腦內的霧霾全部驅散。社會及傳媒種種的宏觀分析，什麼教育制度的殘忍、政府機構的無能、家庭關係的疏離，即使如何正確合理，這些問題都不會一日或一年之內改變，改變前，已經來不及拯救任何一條已經在懸崖邊緣的生命了。

「陪著他」，這三個字知易行難。但天曉得你陪伴的時光，可能就是他黑暗中唯一的曙光。

說回那一位早產的女嬰。那一把較剪，你真的覺得這是上帝的意旨、命運的安排嗎？

我第一次看到這則新聞的時候就在想，會不會是醫護人員中的某位，悄悄地把較剪放上磅的呢？較剪，一早就在你和我的手中。

無神論

歌手雷深如有首歌叫《無神論》，藝深監製，黃偉文作詞。歌詞大意是女生會神化自己喜歡的男神，不知不覺變成盲目崇拜，迷失自己。回想我自己讀書的時候確實沒有什麼崇拜的藝人歌手偶像。不過記得有一次，在大學的周會上，一位講者嘉賓穿著一件T恤，上面印了一個女人肖像，面龐纖巧、五官清秀、雙眼有熱情和智慧的光芒。講者說這是他的偶像，問台下的同學知不知道是誰。那時候還沒有「女神」一詞，不過偶像就差不多這個意思。同學面面相覷，還以為會不會是某某日本的新晉或老牌藝人。我卻一眼認出來，就是「昂山素姬」。

無論是自詡進步的青年，還是當時崇尚自由民主的知識分子都會仰慕她。她本是名將之後，如果她讀完書回到緬甸依附權貴，可能會成為一位衣食無憂、優哉游哉的名媛。但天生一副仙風道骨的她偏偏放棄一切，站在反對派的懸崖上，力抗軍事政府那群殺氣騰騰的男人，光是這樣就已經贏盡全世界喝采了。

時光飛逝，頭戴諾貝爾和平獎光環的她由神壇走落凡間，女神道成肉身，坐在權力的頂峰之上。一場羅興亞人道危機，讓全世界搖頭嘆息。昂山素姬選擇出動軍警，認為使用武力是必要的。對緬甸人來說，這可能是一場百年宗教種族衝突的延續，但用上國際標準來說，殺人、燒村、驅逐、強暴婦女、逼人改信宗教，就是反人類的種族滅絕，不是一句「以國家的名義」就可以開脫的。

之後英國牛津市議會撤銷其「榮譽市民」的身份。很多人和事，都正在以比我們眨眼還要快的速度變化。

無論是藝術、科學、政治還是宗教，什麼範疇也好，你都可以有你的男神女

神，但記住，青春的熱血，有朝一日會變成權位名譽的腎上腺素。當一個人開始說「大局為重」、「要看整體最大的利益」去犧牲小眾的時候，就是你離教的時候了。

心中有神，全因自覺位卑職微，想世界變革但又無聲無力，總是幻想有人代勞。除非英年早逝如甘迺迪、如梵高、如李小龍，否則眾神都難免有崩壞的一日。

目前為止，昂山素姬卻又因為軍政府叛變而身陷獄中，緬甸前途未卜。

最後，你應該知道，要令世界更美好，不能靠神蹟，只能靠自己雙手。

攰

你會用一個什麼的形容詞去描述過去一年。我會選一個「攰」字。

不是「疲倦」、「累」，是香港人會講的「攰」——前幾年透支了所有力氣，對於外界發生任何事都感到無力的狀態。如果你在辦公室覺得「攰」，又不敢請辭，無力反抗同事們上司們老闆們對你額外的工作要求，你的下場就是晚晚 OT 至凌晨，直至過勞死為止。如果你在學校覺得攰，就會吞下所有校規、功課，甚至是欺凌，然後解釋不到自己為何憂鬱，還要被有頭有面的前輩怪你捱不得，為什麼不

跳崖一搏？

原因就是你已經好「攰」，世界永遠不似你預期。原來書本教的、電影講的自由平等博愛真善美都行不通的，弱肉強食、不擇手段才是真理。最令你氣憤的，就是有權有勢的人還要滿口自由平等博愛真善美。你不想理，只想躲在一角，暗地咒罵，或者等待不知存不存在的因果報應來臨。

至於世界其他人，一樣是「攰」，光是肺炎的疫情就教很多人看不見出路和希望。AI進化得比人類還快。有人說如果機械人發展成熟，人類就不用做一些辛苦或厭惡的工作，生產力提升，大家都會變得輕鬆自在。但根據這個制度的發展，機械人和AI大概只會令更多人失去工作，財富變得更集中。隨著基因和生物科技突飛猛進，「錢」真的等於「時間」和「健康」。

地球一樣是「攰」到頂點。全球人口近八十億。糧食、食水、居住空間、能源的需求都急升。現在維繫社會運行的制度，是鼓勵浪費和破壞環境的，不論是原本的富裕國家還是新興經濟體，都直接造成大量原始森林消失，愈來愈多海洋成為dead zone，不適合任何物種生存。為了增加糧食供應，很多動物的居住地被破壞，最後瀕臨或已經絕種。我們會控制貓、狗、袋鼠繁殖，但對於我們人類自己，就束手無策。

無論是個人、社會和世界，面對難題可能暫時沒有解決方案。即使我們明知問題所在，卻因為「勼」、「貪方便」、「怕麻煩」而沒有盡一分力，也並不代表我們虛偽。不過至少大家有個意識知道：不能不變，再不變就沒救。當作我們一整個世代都是被選中的人類，要一齊同心協力對抗一隻怪魔。勝負雖然難料，但至少無負這個可能是出世之前就被上天賦予的任務吧。

英語神話

某一年國際影視展中，和一個在倫敦居住的英國人交談。他說在倫敦，有時都未必完全明白別人說什麼，因為來自世界各地不同地方的移民、留學生、旅居、做生意的人都將自己的發音和詞彙帶入這個體系當中，尤其是美式英語，日常生活要聽到傳統如女王英式口音，可能要到較北部的地方，或者扭開英國廣播公司的電台和電視台了。

英語隨著上世紀盛世，加上互聯網普遍，地位很難動搖，有數據指全球約有十億人學英文做第二語言，我懷疑這個數字低估現實情況。以往的想法是：英語作為母語的國家和人民，在這個英語主導的世界佔優勢。其實不一定，就以俄羅斯涉嫌干預美國選舉為例，外國黑客可以從英美世界裏，相對更易理解所有機密文件的內容，大大小小的資訊都可以有效運用，大如國防機密、間諜活動，可以待價而沽，小如情色醜聞又可以透過全世界不限於英美的媒體間發放。更有甚者，愈來愈多人用英語製造假新聞，反過來影響英美世界的民意。這些消息全部毋須翻譯，你和我都可以即刻理解，然後在社交媒體以細菌繁殖的幾何級數傳開去。同時，英文的便利令到英國人和美國人相對沒那麼積極學習外語，打一場網絡戰；要施展相同伎倆，花費的時間和成本高很多。一路走來，英語霸權等於話語權的神話已經破滅。

英國脫歐時，有歐洲大陸輿論以為，是時候用其他歐洲語言，好像法語或德語來取代英語了。因為歐盟裏面，已經沒有一個以英語為母語的國家。但事實是，英語根本不是英國人的專利，從來不需要自認是英國人才可以用英文的。掌握第二語言不是一件容易的事，你和我都是由出世開始學英文字母。在歐盟各國入面，沒有英國，英文還是最多人用的第二語言，在德國、瑞典等國家，英文流利程度根本和英美無異。英語作為國際語言，由科學、醫學，到環保、文化娛樂，任何國際會議都主要用英文溝通，捨棄英文，真是談何容易。

事實是，地球上愈來愈多人學新興地區如中國、俄羅斯、巴西的母語，特別是普通話，很多人看好在商業社會可以有取代英語的一天。無人知道未來，不過要成為一種全球通用的語言，基礎就是無遠弗屆、聚沙成塔的影響力。要做到這點，首先是包容：包容變異、分支。所謂「有容乃大」，事事講求規範化，只會距離目標愈來愈遠。

冰島寓言

人比人比死人。不過一個只有三十多萬人口的國家，找到二十三個球員，足以擊敗芬蘭、土耳其、烏克蘭等強隊而晉身世界盃，還要在第一輪迫和兩屆冠軍阿根廷，又真的很威風。很多人說因為冰島注重青訓，國內很多足球場，足球是全民運動云云。總之就滿懷「冰島能，為何我們不可？」的感嘆。

如果說香港，雖然沒有入過世界盃決賽周，但是也曾經有傲視亞洲的足球盛世。五十年代，香港九龍有很多小型足球場，好像修頓，很多少年課餘公餘就在那裏踢波。現代社會講踢波，一說起就跳到資源、培訓、職業待遇、國際賽經驗等，其實最基本就是有很多人想去踢波。一九五八年亞運，香港球員在決賽遇上南韓，在十個打十一個的情況下，最後以一比零贏得冠軍，可惜當時不是代表「香港」，而是代表「中華民國」隊參戰，但由那時候開始，香港多了一個綽號叫「亞洲足球王國」，當時香港人口不及現在的一半。

再看冰島，二〇〇八年金融海嘯差點毀滅了這個國家。爆破之前，那些人不就是一樣沉醉在熱火朝天的炒賣幻覺當中？以為三十萬人的國家可以做北歐金融中心，不用再埋首在捕魚和煉鋁這些苦差裏，從此不勞而獲。金融海嘯前，亂用借貸和槓桿、亂買外國問題資產，外表好像富有但其實空空如也，金融風暴後，全國痛定思痛，做了美國和很多國家都不敢做的事，就是讓自以為「大到不能倒」的三大私人銀行破產倒閉，拘捕並判監亂來的銀行家，實施嚴格的資本管制；果然是非常時期用非常方法。七年之內，把經濟廢墟重建成區內最高增長、最低通脹和最適合營商的地方之一。應該慶幸的是，冰島人在金融泡沫的時候，最愚蠢都只是利用那些魚場去炒股炒概念，沒有好像地球另外一些人去盤算，為了所謂「經濟發展」大肆破壞自然資源去大興土木。

一個國家或地區的錢，其實都是快來快去，有可能富不過兩代，但又說不定十幾年後突然發達。冰島在捱窮的時候，外債是GDP的十倍，勒緊褲頭，但就極力維持「教育」、「社會福利」和「保護弱勢族群」的系統正常運作。因為無論國家怎麼窮也好，可以讓她繼續捱下去的就是「人」，沒了信心，說什麼也沒用。

如果冰島是這樣：天天在喊不夠人生孩子維持經濟增長，應該引入更多移民，但從來不去做任何事去留住自己原來的人；明明很有錢，偏偏每天想辦法將教育、醫療、社會福利外判和市場化；先不說文化和經濟，不知冰島人還有時間和心情去踢波嗎？

小丸子與香港腳

小孩子喜歡胡思亂想。有時面對難題，會幻想擁有未來的科學道具，這類小朋友會喜愛看《多啦A夢》。如果有留意，多啦A夢有些法寶，以今日的技術真的可以造出來的。

另一類小朋友，幻想的事不科幻，而是在平淡無奇的日常生活提煉歡樂，這一類會喜歡看《櫻桃小丸子》。

大家知道《櫻桃小丸子》是作者以自己來做主角。通常以自己來做題材的作品，會像煙花一樣，燦爛但短暫；因為個人經歷最真、最動人，但靈感會很快用完。櫻桃子把這個故事畫了這麼久，仍然歷久常新，所以我一直相信：她本人也一樣很傻很搞笑的。

之後在讀她的散文中得到證實，她真人應該比漫畫、動畫更有趣可愛。

有一篇文提到她十六歲的時候不幸染上「香港腳」，這件事被櫻桃子發現的一分鐘之後就全家人都知道，但家人的反應好像在拍處境喜劇一樣，全部幸災樂禍：有「臭腳大仙」之稱的爸爸慶賀終於有人的腳比自己還臭；姐姐第一時間公布新家規「廁所的拖鞋不准她穿」、「家裏不准她脫鞋」等。然後櫻桃子每天用七成的時間放在研究「香港腳」上，開始搞不清楚香港腳到底是她的煩惱還是她生存的意義。她用盡千奇百怪的方法去治理：例如她會用一百瓦的燈泡去烘自己的腳，一邊在幻想細菌好像活在地獄烈火裏一樣吶喊。一年半之後她還未痊癒，開始設想自己沒辦法嫁人、找工作會被發現有香港腳而不被錄取、人生一切都化為烏有，然後自己會偷竊、吸毒、墮落，全部都是香港腳害的。看到這裏，完全就是「問題天天都多」、古靈精怪、小事化大的卡通人物，櫻桃小丸子活現眼前。

當然，櫻桃子沒有被「香港腳」害慘，反而是近代最重要的日本漫畫家之一，幾十年的人生畫了十幾部作品，《櫻桃小丸子》紅遍全球。當現今大部分創作者都以太空科幻、時空穿越、超級英雄做題材的時候，小丸子的故事世界仍然留在昭和時期的一座寧靜的小城市裏。一雙從未長大過的眼睛，仍然在靜觀千奇百怪的成人世界，仍然細察風俗習慣的小情小趣。只要富士電視台繼續播放《櫻桃小丸子》卡通，你就知道傳統文化仍然會在變幻莫測的時代洪流下延綿下去。

現實生活從來不如人意。漫畫裏面的親切爺爺其實只是櫻桃子自己夢想的投射、遺憾的彌補。慶幸愈來愈壞的世界，長存一位永不變壞的小丸子。願櫻桃子女士安息。

第七章

遇怪魔 我即刻變大個

A餐廳死因研究

從前一條街上有兩間茶餐廳，A餐廳的生意一直都比不上B餐廳。A餐廳多次變陣，改餐牌，從B餐廳挖角，生意都一直沒有起色。然後有一天，A餐廳換了老闆，他自稱發現A餐廳一直不能賺錢的原因：就是這條街的街坊唔識貨，於是A餐廳新老闆立志要做米芝蓮，要做街坊良心，又說要包攬全亞洲的早午晚市生意。

至於A餐廳到底如何可以由街上普通的茶餐廳突然變成米芝蓮三星食府呢？不知道，不過聽聞新老闆跟其他各區的街坊會很熟絡，可以天天從外區載幾團晨運客來消費用膳，於是雄心萬丈的A餐廳，由招牌、裝修、餐具、菜式、食材、味道，都放棄原來以本街的顧客口味為先的原則，而改為全力擁抱外區晨運客的龐大市場。結果本街的街坊慢慢都敬而遠之，成為B餐廳的常客了。

本街街坊日日被迫光顧同一間餐廳，非常不滿，呼籲應該在這條街多發幾個飲食牌照，但A餐廳和B餐廳聯手反對，說會過度競爭，影響本街「飲食業的健康發展」。最近非常積極想要開業的C餐廳老闆，即使他的免費試食日得到全條街街坊支持，人人讚好，但C餐廳還是不准營業，要維持A和B的獨有地位。

故事的結局是怎樣？大家都好清楚，A餐廳最後還是執笠，之後街坊少不免會七嘴八舌地討論……

第一，維持A餐廳和B餐廳的壟斷對A餐廳有幫助嗎？壟斷除了令B餐廳在食材和人手方面愈來愈「慳皮」之外，其實對A餐廳的生意毫無幫助，街坊最後寧願到外區食、叫外賣、自己煮，都不光顧這兩間質素每況愈下的食肆。

第二，外來晨運客真的商機無限嗎？有什麼緣故令外區顧客無端端跨區來到本街幫襯呢？好簡單，首先是要好味道，要比外區的餐廳還要好食。日日只靠關係、人事、免費交通，載不知就裏的外人來光顧，是維持不了餐廳壽命的。連本街的街坊都不喜歡的食店，你認為外人為什麼要來呢？

第三，B餐廳究竟可以永續經營，還是步A餐廳後塵呢？還望B餐廳老闆和員工明鑑，本街街坊才是餐廳最大後台，一旦被街坊完全唾棄，即使受政策保護，全街得一間餐廳又如何？最終也逃不過衰頹墮落的命運。

其實又何止茶餐廳？各行各業到底還有多少老闆在重蹈A餐廳失敗之路呢？

當幼鷹嘲諷小雞

幼鷹不是一出世就會飛的。住在深山的禿鷹，通常會把巢穴築在區域內最高最高的樹上，既可以盡覽地形，又方便獵食給幼鷹。到幼鷹十至十二個星期大，羽翼漸豐，牠就可以開始學飛。首先牠會觀察父母的示範，然後展開雙翅，在鳥巢附近的枯枝來來往往地滑行。其實幼鷹是害怕的，因為一摔下去，就會跌落距巢幾十米的地面，就算不粉身碎骨也會遍體鱗傷。有傳母鷹會飛身拯救學飛而墜落的幼鷹，這其實是沒有根據的。不過，為了鼓勵幼鷹鼓起勇氣向外飛，其父母會故意把糧食放在巢邊，引誘幼鷹放膽往外闖。總之由小鷹出世直到牠能夠自己獨自飛行覓食而離巢這段期間，鷹父母都會源源不絕提供食物的。

最後幼鷹終於可以飛了，牠以為這全是牠奮鬥努力的成果。當牠看見地上小雞，空有一雙翅膀，卻拍來拍去都飛不起的時候，牠有權嘲諷嗎？

「為什麼你不在樹上練習呢？」

「為什麼你不做一點伸展讓翅膀更有力呢？」

「你看我？我都是靠自己的力量學懂飛呢！」

沒錯，幼鷹不但可以看不起小雞，還可以捕捉小雞做晚餐呢。當社會的青年常被稱「仇富」的時候，這會是無緣無故的仇嗎？

有幾多偉大的人，出身富有而又受人景仰的呢？拿佛陀釋迦牟尼為例。他出身尊貴，父親乃淨飯王。生為王子，他從不愁衣食，八歲開始兼學文武，還娶了三個妻子，到二十九歲開始思考人生之苦痛之源，於是逃出他的「comfort zone」，離家覓道。三十五歲在菩提樹下悟佛之後，他並不是躲在皇宮，而是踏步出去，還開導了一大群出身富裕的貴族，組成僧團，走遍恆河南北，教化眾生。如果他一直用皇宮標準去看世界，或許會覺得萬民其實愚蠢懶惰下流，一點也不值得同情也不足為奇。

人人都可以有權行自己想行的路，不必要每個都效法昂山素姬，出身將軍之後，負笈英國牛津，她大可不必關懷一眾緬甸人的苦況，但最後她終其一生為正義戰鬥，犧牲半生的自由。如果最初她選擇養尊處優，大概也無人責怪的。

家境富有不是罪，因為你無法選擇父母；但出言不遜就是過，因為這反映了你選擇如何看待他人和世界：狹隘或是開明；傲慢還是慈悲。

守護天使

曾遇過一些人，自稱看得見靈體，即所謂擁有「陰陽眼」。他們的敘述中，並沒有自吹自擂，沒有故事技巧，語氣平和冷淡，所以我至少相信他們並沒有說謊。先撇開他們看見的，是客觀的存在，還是主觀的幻覺；我更關心的是，到底這種「異能」，對他們人生有什麼影響呢？其中一個說，其實沒有太大影響，他根本不想看見也不想接觸超自然的事情，生活態度也和一些香港人相似：多賺錢，多買奢侈品，多一點享受等。

遇上他之前，我心裏有個想法：如果地球上的人都知道，今世不是生命全部，來世要償還今世所獲的話，那麼人類還會自私自利、破壞環境，或者傾盡全力去爭權奪利而互相攻擊、傷害他人嗎？後來發覺自己想多了，我們像阿寶，不停重複人類歷史的錯誤，也不會考慮很遠的未來，即使明知自己將被一鋪清袋，再被掟回地球輪迴重生，亦未必會多種善因的。

有個虛構故事：從前有個男人在公園見到一個赤腳的女孩。她滿身骯髒、衣衫襤褸，雙眼望著公園的人來來往往，不發一言。途人直行直過，沒有人在乎她。第二日，男人又路過公園，那個女孩仍然佇立原地，神色哀傷地張望一切，男人覺得一個小孩在充滿陌生人的公園玩耍不太安全，有點擔心她，於是上前搭訕。男人走近女孩，發現她骨骼怪異，背脊肩胛骨突出，難怪路人對她避之則吉。男人和女孩言談甚歡，直至黑夜降臨，公園人潮漸散，直至空空如也。

男人小心翼翼地問女孩：「為什麼你如此寂寞憂愁？」

女孩答：「我是與眾不同的。」

男人再說：「此刻我覺得你像天使一樣純真和甜美。」

女孩天真地微笑，點著頭：「真的嗎？」

然後她慢慢站起來，背後兩片怪異的骨頭伸展出一雙翅膀，男人嚇得瞠目結舌，女孩繼續說：「我來這裏的使命，就是要你明白到：凡事不要只看自己，也要關愛別人。」

女孩要飛走的時候，男人喊道：「為什麼沒有其他人要幫你呢？」

女孩說：「因為我是你的守護天使，只有你看得見我……」

然後天使在漆黑中消失了。

大概一般人心中的守護天使，只有一個功能，就是在危急關頭救你一命，或者在你意志沉落谷底之時扶你一把；也有另一種守護天使，她給你的是另一種救贖，就是讓你清楚知道自己的使命，和在人間奮鬥的理由。守護天使不一定有天真無邪的笑容，外貌甚至可以猙獰如惡鬼，也可能天使就是我們身邊的人。誰人導你向善，誰就是你的守護天使。

報應和公平

暗黑系（Film-noir）的犯罪片、警匪片、推理片中，真相有時石沉大海，公義得不到彰顯來反射真實世情。不過多數的電影常見的套路，總是善有善報，惡有惡報，為觀眾帶來希望，在沉鬱的現實裏來一些心靈安慰。

你討厭的人，他在你的世界裏是大壞蛋，但現實中，你看不到他有對應的懲罰，或稱為「報應」。他仍然擁有你沒有的財富，他的社交網站貼滿嚐遍美食、周遊列國的照片，令你心生妒忌和憤恨。你覺得，世界並不「公平」。

到底有沒有報應？電影《大隻佬》中的女警李鳳儀反覆質問和尚了因：「是不是報應？」答案是：「不是報應，是因果。」

我理解，如果世間有「報應」的話，就是冥冥中有一雙無形判官的手，把所有人做的所有事，先用精密的「道德電子磅」斤斤計較，再依據律例，處以不同程度的賞賜或懲罰，過程是主觀的，判決是人性化的，會有上訴和求情的機會，大概和「死後審判」

的想法類似。

如果是「因果」的話就不同了。你的所作所為和產生的後果，只是大千世界的物理現象，對錯的規條沒有人刻在石碑上給你遵守；你的身、口、意發出的業力，就好像你在半空搧風，在地上橫掃波子，自然地向四周如波浪般蔓延，一切都會猶如定律一樣，最終反彈到你，或平行宇宙另一個你（有人稱為下世）的身上。

近年有很多關於平行世界科幻故事。我在想平行宇宙最大啟示，和以前的人相信前世今生輪迴不息一樣：不要以為你只活在當下，要享盡眼前紅利，甚至為得益千方百計去傷害別人也無動於衷。你的一舉一動，可能同時影響著千千萬萬個你，你搶了一毫，你的分身也被搶了一毫，就好像《大隻佬》的結局：了因的覺悟思考中，他用長棍打了孫果一下，孫果的長棍立即回彈自己身上。如是因、如是果，你的當下得失，是過往業力所致，如數學公式一樣，天秤兩邊最後都會平衡的。

所以在電影裏，劉德華演的「了因」有言：「相信佛祖是公道的。」沒錯，塵世眾生，其實是公平的。

人生與靈魂

常言道「人生如戲」，以往的理解是人的經歷變幻莫測，尤如電影情節一樣，波折重重。當慢慢累積了經驗，漸漸覺得有多一重的理解。

記得幾年前的美國動畫電影《靈魂奇遇記》，故事講述靈魂在死後世界的遭遇。投胎出生前，每個靈魂都被賦予了某一套人格（電影內用身上六個小圈圈來代表），而每個靈魂的性格也是不完全的，總缺少了一圈（A Spot）。他們在地球上的任務，正是要尋找只屬於自己的「火花」（spark），來填補這缺失，達致圓滿狀態。

單看這描述，已有禪意。如果你相信有生生不息的靈魂的話，我們做人的過程，正是為了學習靈魂前生還未學懂的東西，了卻前世各位冤親債主的緣分，待一切圓滿後方可終結輪迴之苦。

這和編劇理論中有相似的地方。每位電影中的主角，不是完美的，都有一個觀眾看得清楚明白的人格「弱點」（weakness），然後主角會遭逢鉅變，要走出其舒適圈，去追尋一個「目標」（objective），或稱為「慾望」（desire）；主角經歷重重險阻，高低跌盪，甚至落入谷底，終於會發現要實踐其目標，最大的障礙正是自己的「弱點」，主角開悟修得正果，原來的「目標」達成與否反而是次要了。

這就是「人生如戲」的重點。沒有人是精神沒有弱點的，沒有人生活是沒有劫難的。有所謂「靈魂前計劃」，每個人出生前早已被稱為「上帝」的編劇安排好各樣災劫，無論是喜劇、悲劇、正劇、鬧劇，你就是人生的主角；找出自己的弱點，學習變得完滿。很多編劇前輩都說：角色有自己的生命，會走出一個合適的結局。但願適用於所有人，故事的結尾，上帝是沒有定稿的。

第八章

如果你我的思想可永遠自由

蘋果棋小道理

圍棋世界博大精深，愛好者在三百六十一個點之間攻城掠地，有人看到宇宙，有人窺見陰陽。

本人不才，雖然中學時候已喜愛下棋，凡中國象棋、國際象棋、日本將棋也略有涉獵，就是不下圍棋，因為莫講研究，就是認真玩一局也十分花費精神和時間。

不過同樣是一黑一白，我中一的時候愛玩「蘋果棋」，即是現在的「黑白棋」，英文是「Reversi」或「Othello」，貪其快捷、易玩、簡單。八乘八共六十四格，約十分鐘就可定下勝負。大抵是當時沒有太多同學研究蘋果棋，我憑小聰明就玩得不錯，終局往往可擁五十子以上而勝出。玩過的人都知道，黑白棋最基本就是要搶奪四角，一失去角落就敗象已呈。

當時有一事令我印象深刻。話說當時我在同輩中已無人能敵，便自以為是，挑戰高我幾屆的師兄。當時我憑經驗研究出一套戰略，就是要搶角必先搶邊，而且要由頭至尾，盡量要翻轉對方最多的棋子。

怎料和我對弈的師兄並沒有如我所想，而是反其道而行，盡量少吃子，不勉強爭四邊。十分幼稚的我埋怨師兄：你認真一點好嗎？為什麼不和我爭呢？你是在讓賽嗎？那位師兄冷靜有禮，回道：「那樣嗎？對不起，我們重頭開始好了。」再來，他勉強地和我爭邊爭子，依然是輕取了我。我雖然輸，但以為他盡力了，自我感覺良好。

不過我很快就悔疚自己的愚蠢了。隨著對弈次數增加，很好地領略到：其實爭邊爭子是毫無意義的，因為黑子翻了白子，再多也不是最後勝利，白子下沒幾回就可以將黑子全盤翻轉了。

蘋果棋真正的竅門剛好相反：開局要盡量少吃，目的是大大減少對手可以落棋的選擇，以求他在無可奈何下犯錯，甚至逼迫敵方要往輸掉角落的位置去落棋。知道了這一點，才算是學懂蘋果棋的第一步呢！自己以前的玩法原來全是大錯特錯的。

現在可能被翻掉大多數棋子，曾佔領的四邊或已落入敵手，但蘋果棋的規則就是：只要我方一子尚存，遊戲仍要繼續，直至六十四格填滿為止。勝負絕對不是現在去搶子，搶邊，甚至搶角，因為一開始的目的，是要在終局時取得比對方更多的格數才算贏。這才是初衷。勿忘初衷。

女仔是怎樣煉成的

有女性衞生用品的形象廣告，主題叫「Always #LikeAGirl」，玩了一個小實驗：首先導演要求受訪者示範「好似個女仔咁跑」；片中三女一男青年，加上一個小男孩，都先後好像日本少女漫畫動畫中女生，搖著腦擺著手，好害羞靦覥地跑。然後導演再要求示範「好似個女仔咁打交」、「好似個女仔咁掟波」，受訪者同樣以花拳繡腿、軟弱無力和裝模作樣的方式來演繹「像女生」這個形容詞。

畫面一轉，導演找來五個貌似六至十歲，真真正正的小女孩，再重複以上實驗，猜猜結果怎樣？她們毫不猶豫地向前疾跑、雙眼充滿火熱鬥志地揮拳踢腿，以及好像一個王牌棒球員一般，傾盡全力投球。

這個小實驗證明了什麼？究竟由什麼時候開始，所有人學會標籤「女仔」等於瘦弱、溫柔、陰聲細氣？又由幾時開始，女性都自覺地做出如「似女仔」的行徑和動作，而這一切一切，會否其實都不是女孩子與生俱來，而是被教導出來的呢？

作為生物定義上的人類，除了吃睡拉和繁殖之外，再沒有太多會是「自然」和「與生俱來」的。我們和動物不同之處，就是我們有語言、有符號、有教育，我們的標準，往往都是和「自然」背道而馳的。所以當斷定道德爭議的時候，該思考的就是在現今基礎之下，到底如何才算對整體社會最有利。舉「同性婚姻」來做例子，有不少人愛用「非自然」和「非與生俱來」來反對，甚至贊成者也做很多研究和實驗，去證明世上有「天生的同性戀」來支持自己論點，又祭出「拗直治療」證明「同性戀」是可以治癒的，往還復始，喋喋不休。其實爭議應該從人權、宗教、經濟和公義等角度來辯論就足夠了，「自然」和「與生俱來」從來是最站不住腳的論點，因為我們的行為，統統都是被教導出來的「人為」，沒有多少「天生」的。

推而廣之，社會上的各種身份，不論是年齡、性別（gender）、性傾向，以至民族、國族，其實都是隨時代而千變萬化，都是人自出娘胎開始，受教化、受塑造，你今日所有屬性的成因，你都可以在父母、家庭、朋友、學校和媒體中找得到蛛絲馬跡。所以當再有人出來話你「與生俱來」、「不容否認」係乜乜物物的時候，請停一停、諗一諗，才好決定是否全盤接受。

死守的成本

中學時候草草讀了兩年經濟，但有一些概念，卻一直影響自己。

譬如有一個概念，叫「既定成本」（sunk cost），意思是一些已付而不能收回的代價。譬如你去A壽司店排隊，排了一小時，眼見只要多等一張枱就輪到自己入座，突然朋友告訴你，其實轉角B壽司店完全不用排隊，可即時入座；在兩者價錢、味道和口腹滿足度都一模一樣的情況，你應該繼續排A店還是即刻去B店？

不少人會介意自己等了一小時，不等下去太可惜了。但經濟學告訴我們，在做決定時，應當以未來將要付出多少代價來做考慮，過去已付出幾多金錢、時間都無關宏旨。所以正確選擇是當機立斷，立即轉往B店。

有些事情，當你做了二十幾年，如果仍然沒有半點成果，而且未來還要不斷花更多光陰和心機的話，是不是該停下來想想，是否有必要繼續投資下去？或者，至少容許別人質疑是不是值得一成不變地做下去。因為你和每一個人的金錢時間力量氣勢都是有限的。

引伸到另一個更根本的概念：「成本」，經濟學上就是指「機會成本」（opportunity cost）。在你決定付出十元去買一個杯麵來吃之前，成本不是十元本身，而是你可以同樣用十元去吃一包薯片或一排朱古力或什麼什麼的可能性。

所以不要因為你過去堅持了很久就覺得堅持下去是正確的。當時代、形勢和規則都改變了，新一輩普遍都質疑舊思維的時候，是否至少要讓自己反省一下，過去一直死守的城池是不是要一直死守下去呢？要不要棄守、反攻，或重建新城，還有其他可能性嗎？

人就是這麼多，力量就是這麼微弱，當你眼見城池外的田原、森林、耕地都一大片一大片快被燒光毀光時，你還守著那孤城，到底是守候奇蹟，還是坐以待斃呢？

當有別人質疑一直的做事方法錯誤，請你向他解釋為何你的方法仍然正確，你的方法仍可以達成目標，而不是反問別人有沒有更好的方法。因為質疑你的人有沒有更好的方法，和你的方法是否正確，其實一點關係也沒有。

也請不必時常要懷疑自己是否轉軚，或者遺忘初衷，因為改變方法，並不等於改變方向。

創作有價

多年前有一則趣聞，話說某保險公司一隊銷售隊伍，以五百至七百元酬勞，徵求製作三條又要上太空又要落地球的短片。由於其出價和要求太匪夷所思，引致網民一片嘩然，廣告界更加群起而攻之，雖然始作俑者只是出於無知，卻在在象徵工商界普遍賤視創作和拍攝行業的心態，令他們想藉此事件討回公道。

日吹夜吹所謂高增值的行業，最根本是什麼？是人才，人才就是經過教育、進修、自我磨練以成就的一個境界。我在網上看過日本東北傳統手藝「木芥子人形」的製作過程。「木芥子人形」是一個木製、圓柱狀的人偶公仔，都是由師傅親手打磨、裝砌、一筆一筆上色繪畫。細心欣賞每一個製成品，紋理、筆觸其實都不一樣，各有特色，從不依賴機器量產，香港人會覺得非常不 cost-effective。但這就是老師傅窮一生精力學會的手工藝。

其實不單止手工藝，任何和創意有關的工作，要達致一個專業的水平，從業者無不是經過千錘百煉而成的；而有時間空間去修煉，基本條件就是兩餐一宿，屬經濟上合理的回報吧。

然後我們目前的社會，當一張紀念鈔票，排個隊就可以一張賺幾百；一部智能手機，香港人靠美國人操控的出售地區先後次序，一部又可以賺幾千元時，而你告訴年輕人，一條要花上最少五人的團隊、加加埋埋上數百個小時工作的短片，可賺五百大元還要幾個人分時，年輕人應該以什麼心情和態度面對這個現實呢？

如果正在閱讀本文的你是決策階層，那麼請你下次要購買創意服務和產品的時候，不要厚此薄彼，只肯把錢豪花在藝人出場費、製作、廣告位購買上，高質素的創作人都是一個要食飯的普通人。他們不一定需要出名和表演，他們就是需要合理的金錢回報來開飯。你購買的那條一分鐘短片，既不單單是一個幾百MB的一個視頻檔案，也不單單是數百小時的工作時數，而是為你公司和商品賺取形象和利潤的宣傳利器，而這個利器，是創作人花上幾年甚至十幾年青春心機打磨出來的。

靈高曼效應

面對社會現實，我們很容易把情況簡化成「大家都很冷漠」、「個個只顧住搵食」、「不理社會公義」，諸如此類。剛好相反，我覺得香港人一般都很熱心的。譬如，如果有一位持枴杖的人士上港鐵，香港人多數會讓座，但有一個條件，就是在鬆動的車廂內。如果在擠擁的車廂，大家見到有需要人士上車，極可能只會繼續低頭滑手機（這是我去年的真實經驗）。又或者因為坐著的人不知道如何讓座給在遠處的人，而站著的人又不知道讓路之後會不會有人讓座吧。

群體愈大，會導致個人的責任感愈低。二十世紀初，法國農業工程學教授馬克斯・靈高曼做了一個非常著名的實驗：他要他的學生進行拔河比賽，由最初的一對一，到一班人對一班人。他發現參與的人愈多，每個人出的力量反而逐層遞減，違反了一般人心中「眾志成城」的觀念。他指出有兩個原因，一是「動機減弱」，二是「協調問題」。這是史上最早的社會心理實驗之一，被稱為「靈高曼效應」（Ringelmann effect）。

很多人會把注意力放在第一點上，而忽略第二點：「協調問題」，其實即是「人多手腳亂」。即使責任明確，分工清晰，都難以確保整體的效能得到最大的發揮，原因是每個人不但力量不同，使力的位置和時間也不一樣，可能你在喘氣的時候，我剛好有點鬆手，於是對方就把我方輕易拉倒。然後大家互相責怪為什麼放軟手腳，卻忘記了你我力量其實永遠不會完美地配合，別人盡全力的時候，也不一定會讓自己看到。

在現實世界裏，我們也不可能和群體每一個人互相溝通，分工合作，去創造改變社會的力量。但肯定的是，最終開天闢地的改變，不會是因為全部人用同一力度做同一件事，而是無數的人，在不同的位置上，用自己最適當最有效的力量去推動時代的巨輪。

我們當然也知道，人心狡詐，一定會有人扮作全力以赴，有人做奸細破壞，有人只想獨善其身；但不妨細心觀察，真心真意或至少願意出力的人已經愈來愈多；所以請不要太早把別人微小的力量說成是「示弱」，不要輕易用自己的標準來控訴別人冷漠、退縮、保守，而抹煞無數微小會蛻變成為強大的可能。

我們最大的敵人是無力感，和缺乏想像力。面對無以撼動的難關，最常見的反應係：「係咁㗎啦！唔係仲可以點喎？」我們應該努力想像一下：「唔想再咁落去嘅話，我哋仲可以點呢？」

你快樂嗎？

我們都喜歡填滿自己的時間，彷彿滿滿的日程表就等於充實的生命，所以上班時候先約定收工後和誰在哪裏晚餐，星期五籌備周末兩日到哪裏盡興狂歡，到月中把 F5 鍵撳爛去搶平價機票，享受三天外國舒坦悠閒的空氣；書局給成功人士看的書也是這樣說的：善用返工搭車的時間，讀個外語或進修一些什麼，增值自己未來更上一層樓。

此套思想已經完美地複製到我們的下一代身上，就算你如何開通，沒有像怪獸家長那樣為子女安排一星期七日、每日十二小時的補習課外活動時間表，子女無所事事的童年都會在入小學之後畫上句號。全港中小學會為貴公子或千金準備了一個連續十二年的「知識輸入程序」，好讓他和她將來成為社會未來的棟樑。

過程中，「快樂」並不是重點所在。上一代人告訴我們，東方之珠不是靠香港人快樂工作，而是靠幾百萬隻螞蟻勤奮上進、任勞任怨而打造出來的，稱為「獅子山精神」。當年輕人質疑這套思想的時候就會被譏為幼稚、被寵壞、沒有國際視野。但當被問到經濟的未來乃科技而不是金融地產零售的時候，大人又會說香港沒有土壤發展科技，應該熱烈擁抱現在的「機遇」云云。

有朝一日小孩長大成人，成為這套機器的一分子之後，人生一切都會用經濟思維去想像。幸福，如同GDP一樣，要經營，要及早planning，銀行保險及強積金廣告說，卓越豐盛的退休生活由現在開始。

我想問，這樣的一個社會，真的會讓孩子覺得快樂嗎？

從前村裏有一個老人家，他是世上最不幸的男人。整條村都對他退避三舍，因為他陰鬱，怨東怨西，負能量爆錶，而且他的忿恨好像愈老愈嚴重。村民覺得連在他身邊展現笑容都是一種挑釁，為免沾染怨氣，人人都像見鬼一樣避開他。

有一天，他八十歲生日，全村竟流傳一個消息：這位老人今天很快樂，不但面帶微笑，還沒有怨過身邊任何一樣東西。於是成村人聚集在一起，圍住這個老人，七嘴八舌地問他：「今天是不是發生了什麼好事呢？」

老人答道：「什麼也沒有發生。只是我窮了八十年的精力去追求『快樂』，到現在卻還是一無所得。今日我決定從此不再找『快樂』了！我要和『快樂』劃清界線，繼續活下去！」

其實我們不太需要五千大元搞的正向課程。就算現在未能立刻把社會改造成有希望、有前景，但至少不要強迫我們裝出很快樂很有正能量的樣子，好嗎？

尊重創作人的權利

開口埋口鼓勵創作的政府和大機構，如果不是口是心非，請不要做出傷害創作人利益的事。所有創意工業發達的國家和地區，人們對無形的資產都有自覺去保護。部分人仍然無法掌握概念化的事情，是故香港人可以忍受連升不斷的物價和租金，卻不認為要付少許錢購買音樂或電影版權；而用力建屋修路的工人需要有工資，用腦寫嘢拍嘢的人是實現夢想，不該有酬勞的。

大台和某大唱片公司鬧翻，源於一個極不合理的要求：唱片公司要無限期讓歌曲在網上播放。在版權世界，版權持有人只是租借版權給機構使用。如果你想不交租，就請付錢買下來；唱片公司及音樂版權公司作為中介，是會把收益和創作人分享的。你是一間公司的老闆，你會因為想慳錢而叫業主免你租金嗎？

全港一年三百六十五日都有大大小小的娛樂活動，活動籌辦單位有時是政府部門、公營部門，或商營公司，活動前要租用場地，之後要搭建好舞台、燈光、音響；過程需要聘請各類工人，全部一律都會付足工資。好了，到邀請表演單位，如果不是大明星或大紅人，而是一般樂隊、藝人，表演者籌辦單位會和你說：「政府部門冇錢」、「活動是非牟利性質」、「這次預算有限，但我們將會有很多合作機會的……」等等。

你會跟起台置燈的工人說「這是政府活動」所以不付人工嗎？

你會跟場地業主說「這是非牟利性質」而要免租嗎？

你會跟工作人員說來日方長大把合作機會而今次做義工嗎？

如果不會，憑什麼要創作人或表演者為你無償工作？

拜託，各大傳媒為政府或慈善機構搞活動、做直播轉播，是有收錢的。

其次，講到香港是創意之都，創意很重要，如果政府暫時沒有打算取消功能組別，請讓真正的創作人在立法會有自己的民意代表。

現時的「體育、演藝、文化及出版界」功能界別，真正在前線為業界貢獻的運動員、教練、藝人、演員、歌手、樂手、演奏家、舞蹈家、設計師、導演、編劇、作曲家、作詞人、作家、文化學者統統都沒有票。請問這是什麼功能的功能組別呢？

全部都係雞

二〇一七年一首惡搞鋼琴獨奏曲《夢中的婚禮》的《雞，全部都係雞》傳遍整個網絡。有人覺得好無聊，有人覺得好得意搞笑，有人覺得好侮辱女性；其實正是各取所需。符號，就是開放給所有人去詮釋意義。「你好好一個女生，唱這首歌，知否這是對所有女性的侮辱嗎？」「唱這歌只覺得有趣和可愛，你腦袋想什麼就聽到什麼吧？」這兩極論調似曾相識嗎？又有人造圖用來調侃政治。這流行現象其實和早幾年的「草泥馬」類同，高聲的胡鬧，其實是低調的咒罵。

話說雞除了因與「妓」字近音，被人作為「賣淫女人」的同義詞外；還有「小雞雞」被戲稱為男性生殖器官。此說源自「雞巴」二字，而「雞巴」的本字是由「毛」字分別加上「几」及「巴」兩個聲符組成，真是形神俱備。

中國傳統有什麼大小喜慶，都會斬雞作宴。酬神謝鬼，雞亦是首當其衝。其實，外國也有類似風俗。首先，猶太人會在贖罪日（Yom Kippur）用雞在自己或別人頭上旋轉三周，象徵用雞向神謝罪，由雞替代自己承受懲罰；殺雞後將雞肉捐獻給窮人。印度卡西族雖然現在大多信奉基督教，但仍有少數維持其古老信仰，相信雞可以代替人類犧牲，作為神明寬恕罪人的條件，差不多是「代罪雞」的意思了。

至於最為香港人熟悉的，莫過於「斬雞頭、燒黃紙」的傳統了。人所共知這是三合會的傳統宣誓儀式。香港開埠初期甚至被港英政府的法庭視為有效的宣誓方法，皆因法庭可以利用民眾對於傳統迷信的敬畏，來測試被告或證人的誠實程度，屢見功效。試過有法官因為原告不肯在文武廟前下跪斬雞頭發誓，而反判原告心虛說謊有罪，一直被引為佳話。

但為何三合會又會以「斬雞頭」做入會或結拜的儀式呢？香港三合會，源頭就是清末的「洪門」或「天地會」；入會除了要跪拜象徵「忠義」的關帝像之外，也要有拚死反清復明的決心。民間流傳一首《賜洪刀歌》，詞曰：「一不斬豬，二不斬羊，賜我兄弟斬鳳凰，有仁有義刀下過，無仁無義刀下亡。」意謂凡我洪門同志，屠刀不向豬羊，要斬就要斬鳳凰。鳳凰是鳥中帝王，斬鳳凰就是弒君革命的意思。不過，世間上又豈有神話中的瑞獸呢？於是雞又再一次成了「代罪畜生」了。

其實雞很有才華，例如其頸椎擁有一般相機都望塵莫及的防震系統，任憑四周動盪不定，視線卻永遠堅定不移。在風急浪急的時代，有些事不妨向雞學習。

世道邪惡慎防語言偽術

很多香港人看得倒背如流的《九品芝麻官》中，吳啟華飾演的惡霸狀師，將張敏飾演的戚秦氏，由原告屈成被告，都尚且要買通證人和貪官。但是在真實世界，要將施暴者和被施暴者身份倒轉，只需要有人不斷散布歪理，和傳媒幫忙直說就夠。

方法一：將施暴事件淡化成中立事件。

全世界各地發生示威衝突事件，畫面都是大同小異：例如就是示威者向警察丟石頭，警察向示威者射水炮或施放催淚彈。即使武力等級相差十萬九千里，說成是暴力衝突都還有一些藉口。但是如果是一方高舉雙手，一方使出全力用棒敲打，甚至開槍，就難說成是暴力衝突，橫看豎看都是一方攻擊另一方。這個時候，發言人對記者講：「對於發生暴力事件表示遺憾，呼籲雙方克制，以和平對話解決問題。」這種各打五十的「語言偽術」，即時模糊了施暴者和被施暴者的身份，一隻手掌拍不響，瞬時變成兩家對暴力事件都要負上責任。這個正正是歐盟委員會對西班牙政府出動防暴警察攻擊加泰人的口吻。投票不合乎憲法，但沒犯上刑事罪行，不承認結果就好，和要出動武力阻止人表達意見是兩回事。

方法二：直接將被施暴者描寫成暴徒。

在網上見過，十九世紀末至二十世紀初，英國婦女爭取公平投票權，那時候有些反對給女人有投票權的一派，製作不同的宣傳海報，描繪一旦女人爭取到投票權會出現什麼景象：例如家居會亂七八糟、嬰兒會沒人照顧、警察會被女人夾攻追打、家庭會被女性主導、從此男人被迫做家務等等。使倆都是利用滑坡謬誤，放大恐懼，試圖維持原本的不文明和不公義。例如從反對「反歧視同志」，引伸到將會破壞一夫一妻制度、摧毀家庭價值和傳統道德觀等等，最誇張是拉到人類會絕種。聽上去很離譜，但是不是有人說：個個都是同志，人類怎樣繁殖？很多人真心相信，對嗎？

所以當有人說「維權的人」打開暴力之門，就不難理解這個當權者邏輯。只有被剝削的人都安安分分，不發聲不反抗就最和諧了。一旦起來維權，就會招致當權者使用武力，那麼將會破壞社會「整體安寧」，這就是暴徒了。如果平民一旦不覺意說了一句粗口，或晦氣話，暴徒指控就更加證據確鑿了。

世道邪惡，就算無力匡正，都可以力保理智。慎防語言偽術。

繼續做就好

和友人聊天，談到新一代已經活於純影像的世界，純影像流行於小學生以至初中生的社交媒體：開手機，便有音樂、有效果、做動作，彼此按讚，沒有任何文字或想法的交流，這類應用程式會傾巢而出，目不暇給。

愈來愈多小朋友小學就已經學會拍片、剪片、錄音、加特效；不少朋友會傳他們子女製作的短片給我看。學用影像表達自己，就好像你當年學習用電腦、你父母學習用打字機、你祖父母學習拿筆寫字一樣平常。

寫字是最古老的志業，一場人生的苦旅；好像由春暖花開的庭園出發，穿越人來人往的鬧市，踏遍人煙罕至的鄉郊，再深入空無一人的荒漠，踽踽獨行，回頭發現你歡笑你感傷都只有你一個人知道。寫出來的字就是留在沙漠的足印，靜待下一個素未謀面的人去發現。

所以孤獨和困苦很正常。五十年代張愛玲再次回到香港，討生活艱難，只是住在女青年會一個房間，替美國新聞處做翻譯，後來就在新聞處認識了著名翻譯家宋淇，成為摯友，而且託宋淇在英皇道租了另一個小地方，方便她去住在繼園街的宋淇家裏串門，又可以讓她專心寫作。宋淇曾經在自己的文章說張愛玲住的地方陳設非常簡陋，甚至連一張正常寫字的書桌都沒有，她只是在床旁邊的小茶几上面寫稿，可用「家徒四壁」去形容。

寫作也不一定有豐厚收入。作家司馬長風自述寫過，他自己寫的稿，一部分有錢，一部分是沒有報酬的，而且沒錢的反而需要多費氣力去寫，因為那些都不是抒發情趣的散文和小說，出版就是為理想，出錢出力，自我奉獻。司馬長風在七十年代來到香港，住在繼園街一所大宅裏，所以出過一本散文集叫《繼園的哀愁》。處境雖然不同，但文人多愁善感是共通的。

信不信由你，文字創作會前仆後繼、延綿不斷。就好像攝影的出現並沒有扼殺畫畫，電子合成器沒有令全部人放棄樂器一樣，仍然會有人喜歡寫和喜歡看。也許寫的人不會賺到很多錢，看的人又不一定花很多時間，但是就是繼續有人願意上山，將山頂這盞孤燈燃點下去；違反供求原則、違反市場規律，亦違反好逸惡勞的人性，但是一定有人願意去做。由是觀之，只要還有自由心志，寫作又好，唱粵語歌又好，拍港產片又好，年復年去紀念雜事也好，只要你想，就不用常常惦念有沒有迴響，有沒有人傳承，繼續做就好。

創作尚審美

大家都說音樂已死，至少是音樂工業不能夠賺錢，已是老生常談，大家都不想正視原因。事實我們要承認，其實很多人都不會在乎香港還有沒有原創音樂面世的。

讓我不厭其煩再對某一部分懷舊的人說：不要再冤枉現在的歌和歌手是垃圾，比不上八十年代、九十年代，就算是不夠以前好，都不代表是「一文不值」的。事實就是不多人會再像從前一樣用錢買音樂，有YouTube、有串流，Like和Share已經代表支持。以前遍地酒廊夜場，一晚可以賺幾萬元，現在商場給歌手一個地方宣傳還要歌手倒貼交通費。我們會用一萬元去買一部高階手機再買「好像好高級」的耳筒，「享受」源源不絕的音樂，大部分人是不需要有喇叭和唱片去聽清楚樂器的高中低音，聽到旋律歌詞就好。

既然都賺不到錢，倒不如回歸到音樂本身。網上看到一篇李宗盛在一個論壇上的對談，他說：「不管我是一個創作者、歌手、製作人或音樂總監，不同的角色當中，我比較喜歡還原成為一個做音樂的人。我更在意回到音樂的最基本，有沒有好歌？這些歌對時代的意義又是什麼？所以你們的音樂節可不可以搞成、有沒有錢賺是你們的事，唱片公司要倒又不關我的事。我最在意就是你們這些平台上，那些音樂對這個時代到底有多少意義？」

說話聽上去很無情。至少我不會說不在意工業裏的持份者有沒有錢賺，因為有錢賺大家才可以做下去。不過他說得對，最前線的一群：歌手、創作人，其實才不應該放「賺錢」做第一重考慮，這些是留給 management 和 marketing 的人操心的。

李宗盛再說：「各位的審美，是決定我們這個時代音樂面貌的基本因素，當我問你這首歌難聽得要命，你明明覺得它很俗，但是它會幫你賺很多錢，你會不會因此還為它宣傳推廣呢？做音樂人的審美和做生意人的審美，兩者該怎去平衡呢？」如果真的要懷八九十年代的舊，我更懷念當時的包容性，當然我明白是因為大眾市場賺大錢，才容許小眾生存的道理。其實近年香港處境是剛好相反：既然做大眾市場都賺不到錢，何不讓小眾去試試去闖出血路？方向正確，問題是管理的，和創作的，有沒有足夠的審美去做到。黃家駒，是吸盡千奇八怪的實驗音樂、民族音樂還有傳統搖滾的養分，再去寫十六個 Bars 的粵語流行曲的。生於斯的我們，不用妄自菲薄，繼續自強，繼續創作。

偽君子與偽小人

某次黃子華棟篤笑，曾引用已故才子黃霑的名句作結：「為真小人爭取社會地位，不肯給偽君子們霸佔整個世界。」為一時的香港留下註腳。

社會有很多偽君子，位居要職，又或者擁有公權力。當社會上有人做錯事的時候，只要那個人不是有財力有權位的個體或機關，他們都可以義正辭嚴出來指摘一番。如果犯錯的是權貴的話，偽君子們就突然懂得「逆向思考」，會為犯事人解說，呼籲大家要原諒佢，給個機會云云。偽君子多數有「政治智慧」，懂「審時度勢」，腦內的道德間尺可長可短，可直可曲，視乎「情況」而定，一切不能一概而論。

相反，社會上另有一群人，平時努力工作，雖則偶然偷懶，但傷天害理的事連想都不敢想，如果路上遇到有需要的人，說不定還會伸出援手去幫助。

同一群人，都清楚政治形勢，或者聽從長輩提示：「不關自己事的就不要多舌閒事了，乖乖工作賺錢就好。」所以眼見社會上出現很多其實和自己有切身關係的不公義問題，總之一日未連累自己，都不會當是問題。但是生活上、工作上，不斷累積的情緒，總需要有個出口宣洩。

於是遇到有人做錯事，或者疑似做錯事，有人就可以圍一個圈，對一個素未謀面的人群起而攻之，不需要證據，不需要道理，窮追猛打，毫不留手。

最常見的例子就在娛樂圈，凡有藝人或藝人的另一半疑似出軌、有第三者，當事人就好像犯了比殺人放火、賣假疫苗更嚴重的罪行，人人得而誅之。如果電視肥皂劇裏出現「一群三姑六婆、四叔七舅，在電梯大堂竊竊私語、指指點點某一個鄰居的誰在背夫偷漢」，我作為一個編劇，一定覺得這是爛透無聊、脫離現實的情節。但事實是，這種月旦別人芝麻綠豆私生活的慾望，一直沒有停止過。不過現在的三姑六婆四叔七舅，可以躲在社交媒體後面，在網上用另一個隱藏身份去欺凌另一個人，樂此不疲。

這群人本來就是尋常百姓，就只會在網上逞口舌之快，我稱之為「偽小人」，他們可能是心地善良，不過找一個出口，和一個藉口，去發洩自己的負能量。假設他們正在網上罵的人，現在出現在他們面前，單對單，我敢賭他們不會惡言相向。既然只是口舌之快，為什麼過後還不放過別人，放過自己呢？

我都是平凡人，都有那種八卦的強烈慾望，不過就常常警惕自己：「人家的情事婚事戀事床事，真係關你鬼事咩？」

人人不開心

該怎麼開始說呢？今日很多人也知道「情緒病」和「不開心」是兩回事。通常病是有明顯病徵，但是情緒病人到底是病了還是不開心，對旁人來說卻差別不大。當然，也有人將自己的不開心說成是「病」，另作別論。

任何人都是一個信封。信封表面可以光鮮無瑕，也可以污跡斑駁，一天不打開，你不會發現信上鮮血流淌，滿紙斷腸。如果你未曾認真看過信，又怎可以斷定別人是自作多愁呢？

情緒問題是累積而成。學業事業志業友情愛情親情問題累積一起。某些國家的自殺率長期居高不下，絕對跟社會和生活壓力有關。

壓力，可以發生在窮人，也可以在有錢人身上；可以發生在主流族群，也可以在性小眾、思想小眾身上；可以發生在藝人、藝術家身上，也可以在七十二行身上。沒錯，是因人而異，有人比較易累積鬱結，正如有人會比較易傷風感冒，你會怪罪容易感冒的人嗎？

也許你會說：「應該平時注意健康，增強抵抗力。」說是容易的。不說情緒病，就說流感，深水埗舊樓的居住環境和港島南區可以同日而語嗎？你每天迫三個小時東鐵港鐵上班而被傳染的機率大一些，還是全天候坐私家車來去而感染到的機率大一些呢？

你說：「父母要從小培養孩子的堅毅個性。」先不說有些人就是天生心思纖細敏感，更容易觸動情緒，今天大部分小孩子很快會發現，成人教授的價值和社會呈現的真實完全相反：我們學善良，可外面就是欺善怕惡，壞人、偽善者得到最多好處和最高地位。我們學的是不要在乎外表，要看內涵，然而大眾全部都是外貌協會會員，其貌不揚的人被無視，貌醜的會被嘲

笑和欺凌。我們學的是人生而平等，職業無分貴賤，社會卻是階級決定成敗，窮人和其後代快要身無立錐之地。當期待和現實落差太大，人很難不會積聚負能量。

今日的傳媒真是很「客觀」。為了不要激起漣漪效應，惹人模仿，一概不會用「自殺」、「輕生」的字眼，更加不會斷定是「情緒病發」，全部都是非常中性的「墮樓亡」；有些甚至還是配以今年「墮樓亡」的數字，或者涉事的樓宇最新交易價……多麼冷靜，多麼不煽情。如果我是官員，坐在冷氣房看報紙，看到這些新聞，感覺好像是香港的總人口少了一個數字，和我每天所作所為完全無關一樣。

當我們孤立無援，可以做的就是自救，和向待救的人伸出援手。我們也很忙，不如每星期至少去關心一位常常「不開心」的朋友，好嗎？

笑之小學

即使橋段老套，你仍然會為突然撲出來的鬼怪尖叫，仍然會為生離死別的情侶流淚，但不太可能為一條蕉皮而狂笑。笑料，需求最大但貶值最快。對十常八九不如意的城市人來說，讓人笑是一種才華，有價有市。香港娛樂圈，無論是電視、電台還是電影領域，出色的喜劇演員、導演、節目主持、棟篤笑藝人，地位非凡，大家爭著邀請他們做主持、做廣告代言，人氣財源滾滾來。

很多人平時和朋友吃飯聊天，口沫橫飛，東拉西扯，一樣帶來滿席歡樂，但這不代表有資格到演藝世界搞笑；更不代表你平時三五知己的爛 gag 笑料，可登大雅之堂。

一、看時代。曾經可以拿出來盡情笑的，不代表你今日還可以。先不說那些對性小眾、對女性、對少數族裔、對殘疾人士的揶揄，在以前再低級趣味的笑料都有。一百個人裏面，也許有一個人覺得被冒犯。現在教育水平提高，大家對少數群體多了理解。同樣笑話一百個人裏面，至少有一半覺得不好笑，你還說？

二、看對象。就是所謂「崩口人忌崩口碗」，是說話之人有沒有察言觀色的能力，和你走入靈堂不會開死人玩笑的道理一樣。你道別人是玻璃心吧？一個笑話怎會令人受傷？反過來說，一個你想到的平庸笑話，別人可能從小到大重複聽了一千遍，被取笑一萬遍。你為什麼還要多補一刀，而不是做第一個貼上膠布的人呢？

三、見自己。很多人，都以別人的笑來刷自己的存在感，單純以引人發笑做目的。不過不要忘記，公開說的笑話是直接反映你本人的水平和志向。同一樣的笑話，有人用來匡正扶弱，改變社會；有人用來落井下石，助紂為虐。大家下意識笑完一分鐘，明天就會忘記。但你的笑話會被記錄下來，一生一世和你畫上等號。開玩笑之前，請三思。

日本導演三谷幸喜經典之作《笑之大學》，講一個喜劇作家如何與權力為敵，挑戰面前冷漠的審查官，和背後泰山壓頂的軍國鐵幕；笑中有淚，發人深省。他，還有很多史上留名的笑匠，用作品告訴世界：搞笑，是可以很高層次的。

奈何香港的搞笑傳統，很多都是幽默與嘴賤不分，或者直接將大眾的快樂建築在少數的痛苦身上。以前是無可厚非，你當是民智未開。不過一個社會是會成長和進步的，以前的標準是幼稚園，我們現在升小學，重新學習笑與搞笑。何況，低級笑料已經無效，還讓很多人恨。笑話惹恨，怎麼看都是藝人的大忌吧。

不可辜負眼前時光

作者　陳心遙
總編輯　葉海旋
編輯　李小媚
助理編輯　周詠茵
封面及內文相片　陳心遙
封面設計　張煒
排版設計　purebookdesign
出版　花千樹出版有限公司
地址：九龍深水埗元州街二九〇至二九六號一一〇四室
電郵：info@arcadiapress.com.hk
網址：http://www.arcadiapress.com.hk
印刷　美雅印刷製本有限公司
初版　二〇二一年七月
ISBN　978-988-8789-11-5